河出文庫

結ぼれ

R・D・レイン

村上光彦 訳

河出書房新社

目次

序

本書において素描したもろもろの模様は、人間を束縛している諸関係にかんする、リンネにも比すべき分類学者の手でもって、まだこれまで仕分けられたことのないものである。おそらく、これらの模様はすべて、不思議なほど見慣れた感じがするものと思われる。

この書物のなかでは、私がじっさいに目にした模様のうちのいくつかを述べるだけにしておいた。これらのものに命名しようと思ったとき、つぎのいくつかの単語が頭に浮かんだ。——結ぼれ、絡みあい、こんがらかり、袋小路《アンパス》、支離滅裂、堂々めぐり、きずな。

これらの模様が現われ出る《なまの》データからあまり離れないようにすることも、その気になればできなくはなかった。逆に、抽象的な論理＝数学計算めざしてさらに蒸溜の度合を進めてもよかったろう。私としてはこのように思いたいのであるが、これらの模様はそうひどく図式化されているわけではないから、それの源泉をなす、きわめて特殊な経験まで遡って考察することができないほどではなかろう。それにしても、読者がこれらの幻想《マーヤ》の織りなす網のうちに窮極的《きゆうきよくてき》な形の優雅さを察知しうる程度には、それらが《内容》から離れてひとり立ちすることができるものと思いたい。

一九六九年四月

R・D・L

結ぼれ

1

彼らはゲームをして遊んでいる。彼らはゲームをして遊んではいないふりをして遊んでいる。彼らが遊んでいるところを私が見物しているのを、彼らに見せつけようものなら、私はルール違反をすることになり、そして彼らは私を罰するだろう。私がゲームを見物しているのを見ないでいるのが彼らのゲームなのであって、私は彼らの仲間に入って遊ばなくてはならない。

彼らは面白がっていない。

彼らが面白がらないと、私は面白がることができない。

彼らに面白がらせることができれば、そのときには私も彼らといっしょに面白がることができる。

彼らに面白がらせるのは面白いことではない。それは辛い仕事だ。

彼らが面白がっていないわけを見つけだして面白がることができるのかもしれないのだが。

私のたてまえとしては、彼らが面白がっていないわけを解き明かして面白がったりはしない、ということになっている。

しかし、彼らが面白がっていないわけを見つけだして面白がっているのではない、というふりを彼らにしてみせるなら、いくらか面白くなることだってあるのだ。

女の子がやってきて言う。——「面白いことをしましょうよ。」

しかし、面白がるのは時間の無駄だ。なぜなら、そんなことなど、彼らが面白がっていないわけを突き止める役に立たないのだから。

キリストはあなたがたのために〈十字架〉上で亡くなったのに、それでも面白がろうとなさるとは、いったいどうしてなのですか！〈彼〉は面白がっていたでしょうか。

子どもたちが私たちを愛し、たっとび、私たちの言うことを聞く子になるように育て
　あげるのが、私たちの義務なのだ。
子どもたちがそうしなければ、罰を加えてやらなくてはいけない。
さもないと、私たちは義務を尽くしていないことになろう。

子どもたちが育ってから、私たちを愛し、たっとび、私たちの言うことを聞くように
　なれば、
育て方が正しかったといわれて、私たちはつねづね祝福を受けてきた。

子どもたちが育ってから、私たちを愛し、たっとび、私たちの言うことを聞くように
　ならなければ、
　私たちの育て方が正しかったのか、それとも
　正しくなかったのか、いずれかだ。
正しかったのであれば、
　子どもたちのほうになにか問題があるのに違いないし、
正しくなかったのであれば、
　私たちのほうになにか問題があるのに違いない。

息子は父親を尊敬してしかるべきだ。

父親を尊敬するように教えてやらねばならぬ、などということはないはずだ。

それはなにか自然なことなのだ。

とにかく、私はそんなふうにして息子を育ててきた。


もちろん、父親たるもの、尊敬されるにふさわしくなくてはならぬ。

まずいことをして、父親が息子の尊敬を失うことだってありうる。

だが、せめてこれだけは期待したいな。なにしろ、私を尊敬するもしないも勝手にさせてやったからには、それだけでも息子は私を尊敬するだろうさ。

彼にはなにか問題があるのに違いない
　なぜなら、もし問題があるのでなければ
　あんなふうに振舞《ふるま》ったりはしないはずだからだ
　それゆえ、彼があんなふうに振舞っているのは
　彼にはなにか問題があるからなのだ

彼にはなにか問題があるなどとは、彼は考えもしない
なぜなら
　彼にはいろいろ問題があって
　そのひとつは
　彼にはなにか問題があるなどとは
　彼が考えもしないということだからだ
それゆえ
　私たちは彼を手助けして悟らせなくてはならない――
　彼にはなにか問題があるなどとは
　彼が考えもしないという、その事実こそ
　彼にいろいろ問題があるなかの

ひとつなのだ、と

彼にはなにか問題があるに違いない、ということが彼にわかっていないのだからして
彼にはなにか問題があるに違いない、ということが彼にわかっていないのだからして
彼にはなにか問題があるに違いない、ということが彼にわかっていないのだからして
彼にはなにか問題があるに違いない、ということが彼にわかっていないのだからして

　私たちは彼を手助けして、せめて
彼にはなにか問題がある、ということをわからせてやろうと試みていることに
彼が私たちに感謝の念を覚えていないのだからして

　私たちが彼に感謝の念を起こさせようと
試みたことが一度もないことに

彼が感謝の念を覚えていないのだからして

彼にはなにか問題がある、ということが彼にわかっていないのだからして
彼にはなにか問題がある、ということを
彼がどうしてもわかるまいとしているということを
私たちは彼を手助けして
彼にわからせようとしているのであって
なにもそんな仕方で彼を迫害しているわけではないのを
私たちは彼を手助けしてわからせようとしているのであって
なにもそんな仕方で彼を迫害しているわけではない
ということを
　私たちは彼を手助けしてわからせようとしているのだ、ということを
私たちが彼を手助けしてわからせようと試みているからといって
私たちにはなにか問題がある、と考えてしまうとは
彼にはなにか問題があるに違いない、ということを
私たちが彼を手助けしてわからせようとしているからといって
　私たちにはなにか問題があるに違いない、と
彼は考えてしまうのだから
彼にはなにか問題がある

親を尊敬するのが子どもたちの義務だ。
そして、立派な模範を見せてやることで、
自分たちを尊敬するように
子どもたちに教えてやるのが親の義務だ。

子どもたちに立派な模範を見せてやらない親は
尊敬を受ける資格がない。
もし私たちが子どもたちに立派な模範を見せてやりさえすれば、
子どもたちは大人になって自分も親になったとき
私たちに感謝の念を覚えることだろう、と私たちは信じている。

もし彼が生意気なら
あなたがたを尊敬しないからといって
彼に罰を加えないからといって
彼はあなたがたを尊敬しはしない。

あなたがたは子どもを甘やかすべきではない
子どもたちの望みどおりにしてやるのは安易な行き方だが、
子どもたちは大人になってから、あなたがたが彼らを痛い目にあわせずにすませたか
らといって、あなたがたを尊敬しないようになるだろう。

もしあなたがたが、あなたがたを尊敬しないからといって
彼に罰を加えることがないならば
彼はあなたがたを尊敬しないようになるだろう。

母はぼくを愛してくれる。
　ぼくは心地がいい。
ぼくは心地がいい、なぜなら母がぼくを愛してくれるから。
母はぼくを愛してくれる、なぜならぼくがいい子だから。
ぼくは心地がいい、なぜならぼくがいい子だから
ぼくはいい子だ、なぜならぼくは心地がいいから

母はぼくを愛してくれない。
　ぼくは心地が悪い
ぼくは心地が悪い、なぜなら母がぼくを愛してくれないから
　ぼくは悪い子だ、なぜならぼくは心地が悪いから
ぼくは心地が悪い、なぜならぼくが悪い子だから
ぼくは悪い子だ、なぜなら母がぼくを愛してくれないから
母はぼくを愛してくれない、なぜならぼくが悪い子だから。

ぼくは心地がよくない
だから、ぼくは悪い子だ
だから、だれもぼくを愛してくれない。

ぼくは心地がいい
だから、ぼくはいい子だ
だから、みんながぼくを愛してくれる。

ぼくはいい子だ
あなたはぼくを愛してくれない
だから、あなたは悪い人だ。そのせいだ、ぼくがあなたを愛していないのは。

ぼくはいい子だ
あなたはぼくを愛してくれる
だから、あなたはいい人だ。そのせいだ、ぼくがあなたを愛しているのは。

ぼくは悪い子だ

22

あなたはぼくを愛してくれる
だから、あなたは悪い人だ。

母はぼくを愛している
　なぜなら、母はいい人だから
ぼくは悪い子だ、母が悪い人だと思うなんて
　だから、もしぼくがいい子なら
　　母はいい人で
　　　そしてぼくを愛している
なぜなら、ぼくがいい子だからだ
母がいい人だと知っているんだもの。

ぼくは悪い子だ
　母がぼくを愛しているのかどうかと、ぼくが疑っているからといって
　　母はぼくを罰して、そんな仕方でぼくを愛しているのに
ぼくがそのことを疑っているからといって、母はぼくを罰しているのに、ぼく
がそのことを疑うとは。

母は言う――
　《わたしはあの子を愛しているのに、あの子がそのことを疑うとすれば、

それはわたしがいけないのに違いない》と。

母は心地が悪い、なぜなら
母はぼくを愛しているとぼくが思わないからだ。ぼくはそう思わない、なぜな
ら
母はぼくを愛しているとぼくが思わないと、
母は心地が悪いからだ。

母の心地は——
《「母はぼくに、ぼくは残酷なやつだ、と感じさせようとしている、と思うな
んて
ぼくはわれながら残酷なやつだ」と、わたしがあの子に感じさせるとき、
あの子は、わたしがあの子を愛しているのかどうかと疑うほどまでに、
そんなに残酷な子になれるのね、でもそれはわたしがいけないの。》

親切なのはよいことだ。残酷なのは悪いことだ。
母は、ぼくにたいして残酷だ、したがって悪い人だ、などと感ずるのは悪いことだ。

母はぼくにたいして残酷だ
だが、親切になろうとして残酷になるなんて、母のほかにいはしない
なぜなら、ぼくを罰するにあたって
母が残酷だったとき
母は残酷だ、とぼくが思ったからだ
母はぼくを罰した、なぜなら
　母は残酷だ、と思うからといって
ぼくを罰するとは
　母は残酷だ、と思うからといって
ぼくを罰するとは
母はぼくにたいして残酷だ、と思うとは
ぼくが母にたいして残酷だったからだ……。

ぼくがお母さんを愛していることくらいご存じでしょうに、それなのに
　ぼくがお母さんを愛していないなんて
思うほどまでに、お母さんはそんなに残酷になれるんだなと思って、ぼくは心
　地が悪くなるんだ、そんなふうにして
　お母さんに自分は残酷な女だと感じさせてしまうなんて、ぼくは残酷な
　やつだ
　と思って、ぼくは心地が悪くなるんだ、ぼくをそんな心地にさせるなんて
お母さんは残酷ですよ。
ぼくがお母さんを愛しているのをご存じないんだったら、お母さんにはなにか問題が
　あるに違いないな。

ジャックは心を傷つけられる――
《あの人ったら、（あの人が）心を傷つけられることでわたしの心を傷つけているん
　だわ》と、ジルは思うんだな、と
思うと、
《あの人ったら、（あの人が）心を傷つけられることで
わたしの心を傷つけているんだわ》と、
（彼女は）思って、《わたしがそう思うことで
あの人の心を傷つけて
悪いことをしてしまったわ》と、彼女は感じて、《わたしにそう感じさせることで
あの人はわたしの心を傷つけているんだわ》と、彼女は思うんだな、と
思うと、
そういう事実で
《あの人はわたしの心を傷つけているんだわ》と、彼女は思うんだな、と
思うと、
始めから果てしなく《ダ・カポ・シネ・フィネ》

2

そのむかし、ジャックは幼かったころ、
しじゅうママといっしょにいたがった、そして
ママが行ってしまいはせぬかと、おびえるのだった

のちには、すこし大きくなってからは、
ママから離れていたがった、そして
ママがしじゅう彼にいっしょにいてもらいたがるので
おびえるのだった

大人になってジルと恋におちたころ、
しじゅう彼女といっしょにいたがった、そして
彼女が行ってしまいはせぬかと、おびえるのだった

もうすこし年をとってからは、
しじゅうジルといっしょにいたくはなくなって
彼女がしじゅう彼といっしょにいたがることに、そして
自分がしじゅう彼女といっしょにいたがらないことに
彼女がおびえることに、
彼はおびえるのだった

ジャックはジルをおびえさせる——《ぼくはきみを置き去りにしてしまうぞ》と。
なぜなら、彼はおびえているからだ——《彼女はぼくを置き去りにするつもりなのか》と。

ジャックには気になる、ジルが彼の母に似ているのが
ジルには気になる、ジャックが彼女の母に似ているのが。
ジャックには気になる

　　《あの人はわたしの母に似ているわ》とジルが思うのが
そして、　これも気になる
　　《彼女はぼくの母に似ている》とジャックが思うのが
　　ジルには気になる、ということが
　ジルには気になる
　《彼女はぼくの母に似ている》とジャックが思うのが
そして、　これも気になる
　　《あの人はわたしの母に似ているわ》とジルが思うのが
　　ジャックには気になる、ということが

ジャックは母をばりばり食べたいし母にばりばり食べられたいと思う

のちには、彼の気持ちはつぎの二つの願いのあいだを揺れ動く――母をばりばり食べたいが母にばりばり食べられたくはないという願いと、母をばりばり食べたくはないが母が自分をばりばり食べてくれるとよいという願いと。

さらにのちには、彼は母をばりばり食べたくもなく、母が自分をばりばり食べてくれるとよいとも思わない。

ジャックは感ずる――《ジルはぼくをばりばり食べている》と。

《あの人がわたしをばりばり食べてくれるといいわ》という
　彼女の食いつくさんばかりの欲望
　によってばりばり食べられること
　への彼の食いつくされんばかりの危惧によって
彼はばりばり食べられている。

《まさしくぼくに食べられたいという彼女のねがいによって
彼女はぼくを食べているのだ》と、彼は感ずる

そもそもの初めには
ばりばり食べたいまたばりばり食べられたいと望んでいた二人が
いまや、ばりばり食べておりまたばりばり食べられている

　　ばりばり食べられたいという彼女の食いつくさんばかりの欲望によって
彼がばりばり食べられているということによって、彼女はばりばり食べられている
　　彼が自分をばりばり食べてくれないということによって
彼女がばりばり食べられているということによって彼はばりばり食べられている

　　自分がばりばり食べられはせぬかという恐怖によって
彼はばりばり食べられている
　　自分がばりばり食べられたいとの欲望によって
彼女はばりばり食べられている

自分がばりばり食べられはせぬかという彼の恐怖は
みずからの貪食によってばりばり食べられはせぬかという彼の恐怖から生ずる
自分がばりばり食べられたいとの彼女の欲望は
ばりばり食べたいとのみずからの欲望への彼女の恐怖から生ずる。

ジル

わたしって、自分がえらいなんて思ってないわ
わたしをえらいと思う人なんか、わたしにはね、えらいなんて思うことができないわ
えらいと思うことができるのは、わたしをえらいと思ってない人だけだわ
わたし、ジャックをえらいと思ってるの
なぜって、あの人はね、わたしをえらいと思ってないからよ
わたし、トムを蔑《さげす》んでるの
なぜって、あの人ったら、わたしを蔑んでいないからよ
蔑むべき人だけよ
わたしみたいに蔑むべき者をえらいと思うことができるなんて

自分が蔑んでいる人を愛するなんてこと、わたしにはできないわ
わたし、ジャックを愛しているんですもの
あの人がわたしを愛しているなんて、信ずるわけにいかないわ
あの人、どんな証拠を出すことができて？

ジャックのことなら安心して怒れると、ジルは感じている
なぜならジャックはなにもしないから

彼女はジャックのことを怒っている
なぜなら彼はなにもしないから

彼女はジャックのことを怒っている
なぜなら彼が彼女をおびえさせないから。

彼は彼女をおびえさせない
なぜなら、なにもしないので、彼は役立たずだから。

彼女は彼が相手なら安心だと感じている、
だから彼女は彼を蔑んでいる

彼女は彼に縋《すが》りついている

なぜなら、なぜなら彼は彼女をおびえさせないから
彼女は彼を蔑んでいる
なぜなら彼女は彼に縋りついているから
なぜなら彼は彼女をおびえさせないから

ジルは知っている、自分が劣っているのを
だから、だれにせよ、彼女のことを自分よりすぐれていると思う人よりは、彼女のほうが上に立っている。

ジル　　わたし、おびえてるの
ジャック　おびえるんじゃないよ
ジル　　おびえてはいけないとあなたに言われるときにおびえちゃうものだから
　　　　　おびえてるの

おびえる
おびえることにおびえる
おびえることにおびえない

おびえない
おびえないことにおびえる
おびえないことにおびえない

ジル　あなたが動顚《どうてん》しているなんて、わたし、動顚しちゃうわ
ジャック　ぼくは動顚してはいないよ
ジル　あなたが動顚しているなんて、わたし、動顚しちゃうのに、あなたが動顚しないなんて、わたし、動顚しちゃうわ
ジャック　ぼくが動顚していないのに、
ぼくが動顚しているなんて、きみが動顚しちゃうのに、ぼくが動顚しないなんて、きみが動顚しちゃうのに、ぼくは動顚しちゃうよ。

ジル　あなたはわたしのことをいけないっていうのね
ジャック　きみのことをいけないなんて、ぼくはいっていないよ
ジル　あなたがわたしのことをいけないといっているとわたしが考えているからといって、あなたはわたしのことをいけないというのね。

ジャック　ごめんよ
ジル　いや
ジャック　勘弁してくれないんだね、このことはもう、けっして勘弁してあげないよ。

ジル　あなた、わたしがばかだと思っているのね
ジャック　きみがばかだなんて、思っていないよ
ジル　もしあなたがそう思っていないのなら、あなたはわたしがばかだと思っている、と思うなんて、わたしはばかなのに違いないわ。それとも、あなたはきっと嘘をついているのよ。
どっちみち、わたしはばかなの。
もしわたしがばかなら、わたしはばかだと思うなんて
もしわたしがばかでないなら、わたしはばかだと思うなんて
もしあなたがそう思っていないのなら、あなたはわたしがばかだと思っている、と思うなんて。

ジル　わたしって滑稽ね
ジャック　いや、そんなことはないさ
ジル　滑稽でもないのに滑稽だと感じるなんて滑稽よ。
あなた、きっと
わたしのことを笑ってるんでしょ

もしあなたがわたしのことを笑っていないとしたら
　あなたがわたしのことを笑ってると、わたしが感じてるからとい
　って。

ばかであるためにはどこまで利口でなくてはならないのか？
ほかの人たちが彼女に語ったところでは、彼女はばかだとのことだった。そこで彼女は、彼女がばかだと思うとは彼らはなんとばかなのだろうか、ということがわからないでもすむように、彼女自身をばかだということにしておいた、
なぜなら、あの人たちはばかだ、と思うのは悪いことだからだった。
彼女は、悪い人で利口であるくらいなら
ばかでいい人であるほうがよかった。

ばかなのは悪いことだ——彼女は利口でなくてはならない
こんなにもいい人でしかもばかであるためには。
利口なのは悪いことだ、なぜなら、利口だと、見えすいてしまうからだ、
きみはなんてばかなんだ、と彼女に語るとは
彼らはなんとばかなのだろうか、ということが。

きみがおびえているなんて、うんざりさせるなあ
きみはぼくに関心を寄せていることで、ぼくをうんざりさせているんだよ。

関心を惹く人になろうとしている、そこのところが、
きみはじつにうんざりさせるんだよ。

きみはうんざりさせる人になりはせぬかとおびえていて、
関心を寄せないことで関心を惹こうとしているんだが、
そのじつ、きみにとっての関心事は、うんざりさせない人になることだけさ。

きみはぼくに関心を寄せてはいない。
きみにとっての関心事は、ただ、ぼくがきみに関心を寄せるようにということだけさ。

きみはうんざりしたふりをしている。
なぜなら、きみがぼくに関心を寄せなくても
　ぼくがおびえないということに
　　きみがおびえているということに

ぼくが関心を寄せないからなんだ。

ジャック　きみの困ったところは、きみがぼくを羨ましがることさ
ジル　あなたの困ったところは、そういう考え方をするってことよ
ジャック　きみはぼくのどんな点にも、けっして長所を認めてくれないんだね。きみには堪えられないんだよ、ぼくが長所を身につけたのを認めるっていうことが。
ジル　そこよ、あなたが間違っているのは。あなたには堪えられないのよ、わたしがそんなことなど気にかけないのを認めるっていうことが。
ジャック　きみはまったくぼくの母そっくりだ。
ジル　あなたがわたしを扱う調子ときたら、たしかにあなたのお母さんに似ているわよ
ジャック　よし、それなら、母のように振舞うのをやめてくれよ
ジル　あなたはわたしを叩き毀《こわ》そうとしているのね、なぜって、あなたがお母さんを憎んでいるものだから。
ジャック　投射するのは、もうやめるわけにいかないのかね。きみはまさに不感症

だよ

ジル　あなたに会ったころは、そうじゃあなかったわ。

ジャック　ぼくのペニスをじらすために、きみのあそこを嚙み破らないようにすることだね。

ジル　あなたがそこまで落ちてしまったとあっては、わたし、どうにもならない気分よ

ジャック　とにかく、こいつはなにかの始まりだよ。きみがどこかしらだめだと感じているのを認めたのは、今日が初めてなんだからな。

ジル　わたしたち、ただのお友だちになれないものかしら

ジャック　もちろんなれるさ。ぼくはずっときみの友だちだったんだぜ。

きみがしあわせでぼくはしあわせ
きみがふしあわせでぼくはふしあわせ

ジルがふしあわせでジャックはふしあわせ
　　ジルがふしあわせで
　ジャックがふしあわせでジルがふしあわせで
ジャックがふしあわせでジルはふしあわせ

　もし……ジルがふしあわせでジャックがふしあわせだと
ジルは思う——《わたしがふしあわせだとは、わたしはいけない女だわ》
ジャックは思う——《ジルがふしあわせだとは、ぼくはいけないやつだ》
なぜなら彼は自分が彼女をしあわせにしてやるべきだと感じているから
　　自分はいけないやつだとジャックが感じているとは
　自分はいけない女だとジルが感じているとは
自分はいけないやつだとジャックが感じているとは

自分はいけない女だとジルは感じている

世界にこんなに多くの苦悩があるというのに
彼はしあわせになるわけにいかない
もし彼がふしあわせなら
彼女はしあわせになるわけにいかない

彼女はしあわせになりたい
彼は自分にはしあわせになる資格がないと感じている
彼女は彼にしあわせになってもらいたい
そして彼は彼女にしあわせになってもらいたい
彼は、自分がしあわせだと、自分はいけないやつだと、
そして彼女がふしあわせでも、自分はいけないやつだと、感じてしまう
彼女はふたりともしあわせになりたい
彼は彼女にしあわせになってもらいたい

そんなわけで彼らはふたりともふしあわせだ

彼は彼女のことを自己本位だと言って責める
　なぜなら彼女は、自分がしあわせになれるように
　　彼をしあわせにしようと試みているから
彼女は彼のことを自己本位だと言って責める
　なぜなら彼は彼自身のことしか考えていないから
彼は自分が宇宙全体のことを考えていると考えている
彼女は自分がおもに彼のことを考えていると考えている
なぜなら彼女は彼を愛しているから

《わたしの愛するひとがふしあわせなのに
どうしてわたし、しあわせになれましょう》

彼の感じ——《ぼくがふしあわせで彼女がふしあわせなものだから
　ぼくに自分はいけないやつだと感じさせることで
彼女はぼくを威《おど》しているんだ》

彼女の感じ——《わたしのことを自己本位だと責めることで
あのひとったら、わたしが寄せている愛を叩き毀そうとしているのね
でも困ってしまうわ
わたしの愛するひとがふしあわせなのに
ひとりでしあわせになっちゃうほど自己本位には、わたしはなれないんですもの》

彼女の感じ——《わたしが寄せている愛を叩き毀してしまうほど
残酷になれるひとを愛してしまうなんて
わたしにはどこかまちがったところがあるのに違いないわ
それに、わたしはとてもいけない女だわ、だからしあわせになどなれっこない、それ

に、あのひとはいけないひとですもの、わたしってふしあわせだわ》

彼の感じ——《ぼくはふしあわせだ。なぜって、ほかの人たちがふしあわせなのにしあわせだとは、ぼくはいけないやつだからな、それに、しあわせのことしか考えられないような女と結婚しちまうなんて過ちを犯したんだからな。》

　なんとか切り抜ける手だてとして
彼女は酒を飲みはじめたが
　そのせいで彼女はますます切り抜ける力を失くしてゆく
飲めば飲むほど
酔っぱらいになることへのおびえが深まる

酔えば酔うほど
酔うことへのおびえが薄らぐ

酔っていないときには酔うことへのおびえが深まり
　酔うとますますおびえが薄らぎ
　酔わないとますますおびえが深まる

彼女が彼女自身を叩き毀せば毀すほど
彼に叩き毀されることへのおびえが深まる

彼を叩き毀すことへのおびえが深まれば深まるほど
彼女はますます彼女自身を叩き毀す

ジャック　きみそのものが、ぼくの頸《くび》の痛みなんだな
きみがぼくの頸を痛めるのを喰いとめるつもりで
ぼくは頸を庇おうとして頸の筋肉を張り詰める
すると、ぼくは頸が痛むんだ。その痛みたるや
　きみそのものなんだ

ジル　あなたのせいで頭痛がするのをなんとかして喰いとめようとするものだ
　から、わたし、頭が痛むのよ。

ナルシスは自分の姿に恋してしまった。その姿をほかのだれかと取り違えたからだ。

ジャックはジルが心に描くジャックの姿に恋してしまう。その姿を彼自身と取り違えたからだ。

彼女は死んではならない。なぜなら、そのときは、彼が彼自身を失ってしまうときとなるから。

だれかほかの人の姿が彼女の鏡に映ったりすると、彼は嫉妬を覚える。

ジルは彼女自身にとって歪《ゆが》んで見える鏡だ。

ジルは彼女自身を歪めないかぎり、彼女自身の目に歪みの直った姿として見えない。

彼女自身の歪みを直すために、ジャックの歪んで見える鏡に映った自分の歪んだ姿を彼が歪めてくれる、ということに彼女は気がつく。

自分で自分自身を歪めなくても、自分の歪みを彼が歪めてくれれば自分の姿の歪みが直るかもしれないと、彼女は期待する。

わたしの欲しいものときたら、手に入ったためしがない。
手に入ったのは、いつだって、欲しくないものだった。
欲しいものは
　　わたしの手には入らないだろう。

だから、それを手に入れるには
　　わたしは欲しがってはならない
なにしろ、手に入るのはわたしの欲しくないものなのだから。

　　わたしの欲しいものは、手に入れることができない
　手に入るものは、欲しくない。

　　わたしはそれを手に入れることができない
なぜなら、わたしはそれが欲しいから
　　それは手に入る
なぜなら、わたしはそれが欲しくないから。

わたしは欲しい、手に入れることのできないものが
なぜなら
　手に入れることのできないものは欲しいものだから

手に入れることのできるものは、わたしは欲しくない
なぜなら
　手に入れることのできるものは欲しくないものだから

欲しいものはけっして手に入らない
手に入るものはけっして欲しくない

わたしの手に入るのはわたしにふさわしいもの
わたしはわたしの手に入るものにふさわしい。

わたしはそれを持っている
　だから、わたしはそれにふさわしい。

わたしはそれにふさわしい
　なぜなら、わたしはそれを持っているから。

あなたにはそれが手に入らなかった
　だから、あなたはそれにふさわしくない

あなたはそれにふさわしくない
　なぜなら、あなたにはそれが手に入らなかったから

あなたにはそれが手に入らなかった

なぜなら、あなたはそれにふさわしくないから

あなたはそれにふさわしくない

だから、あなたにはそれが手に入らなかった。

わたしにはわたしの持っているものを持つだけの資格がないのだ
だから、わたしの持っているものはなにもかも盗んだものだ。
もし、それがわたしの手に入ったのだとすれば、
そして、わたしにはそれを持つだけの資格がないのだとすれば、
わたしはそれを盗んだのに違いない。
なぜなら、わたしにはそれを持つだけの資格がないのだから。

わたしにはそれを持つだけの資格がないのだ
なぜなら、わたしはそれを盗んだのだから。

わたしはそれを盗んだのだ
だから、わたしにはそれを持つだけの資格がないのだ。

わたしにはそれを持つだけの資格がないのだ
だから、わたしはそれを盗んだのに違いない。

さもなくば、それは特別の恩恵として

だれかそれを持つだけの資格のある人から、わたしに与えられたのだ
そこでわたしは、持っているあらゆるものにかんして、感謝の念を抱かねば
ならないこととなる
なぜなら、わたしの持っているものは
盗んだものではなくて、与えられたものなのだから。

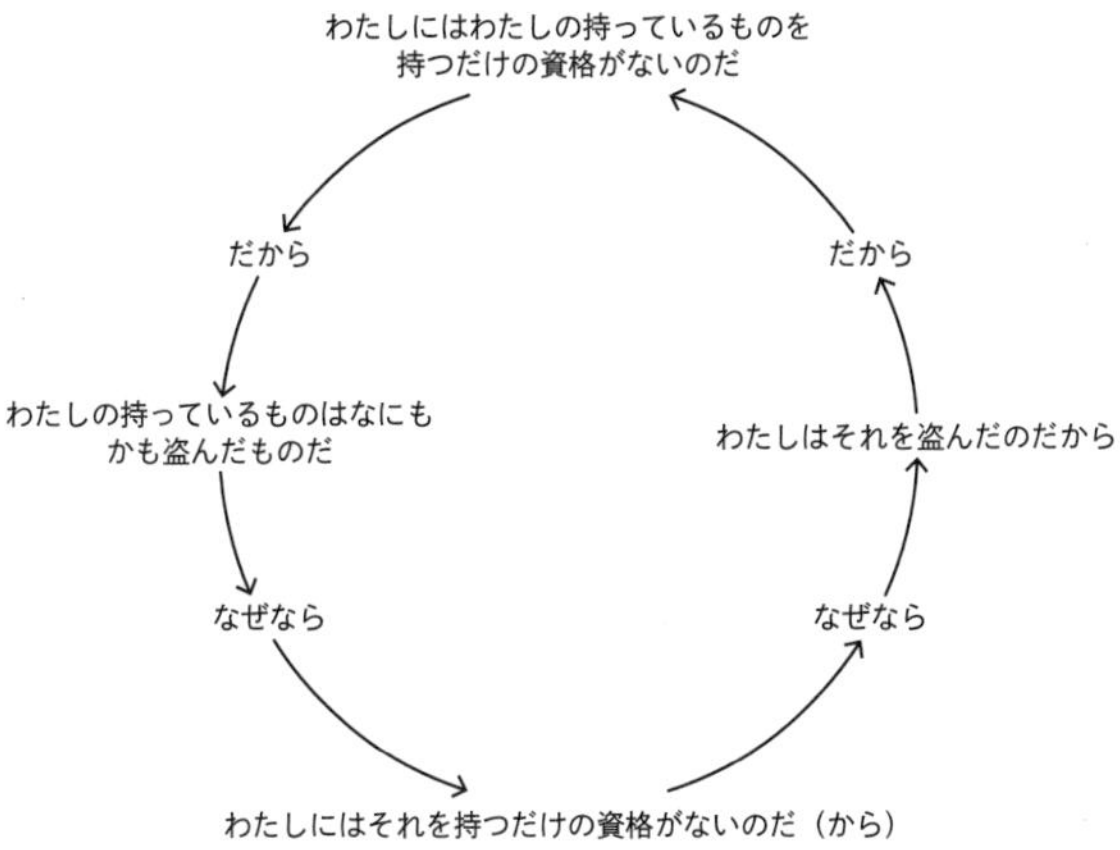
わたしにはわたしの持っているものを
持つだけの資格がないのだ
だから
わたしの持っているものはなにも
かも盗んだものだ
なぜなら
わたしにはそれを持つだけの資格がないのだ（から）
なぜなら
わたしはそれを盗んだのだから
だから

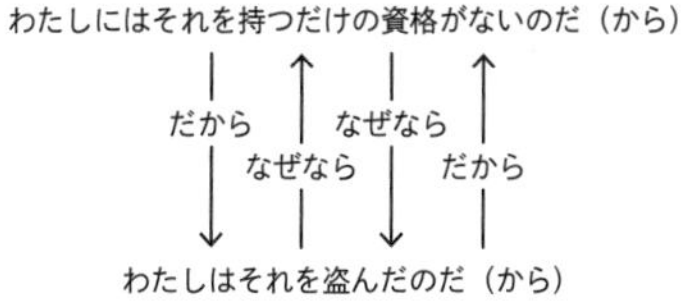
わたしにはそれを持つだけの資格がないのだ（から）
だから
なぜなら
なぜなら
だから
わたしはそれを盗んだのだ（から）

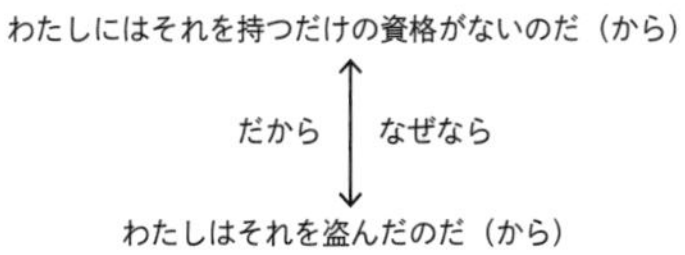
わたしにはそれを持つだけの資格がないのだ（から）
だから
なぜなら
わたしはそれを盗んだのだ（から）

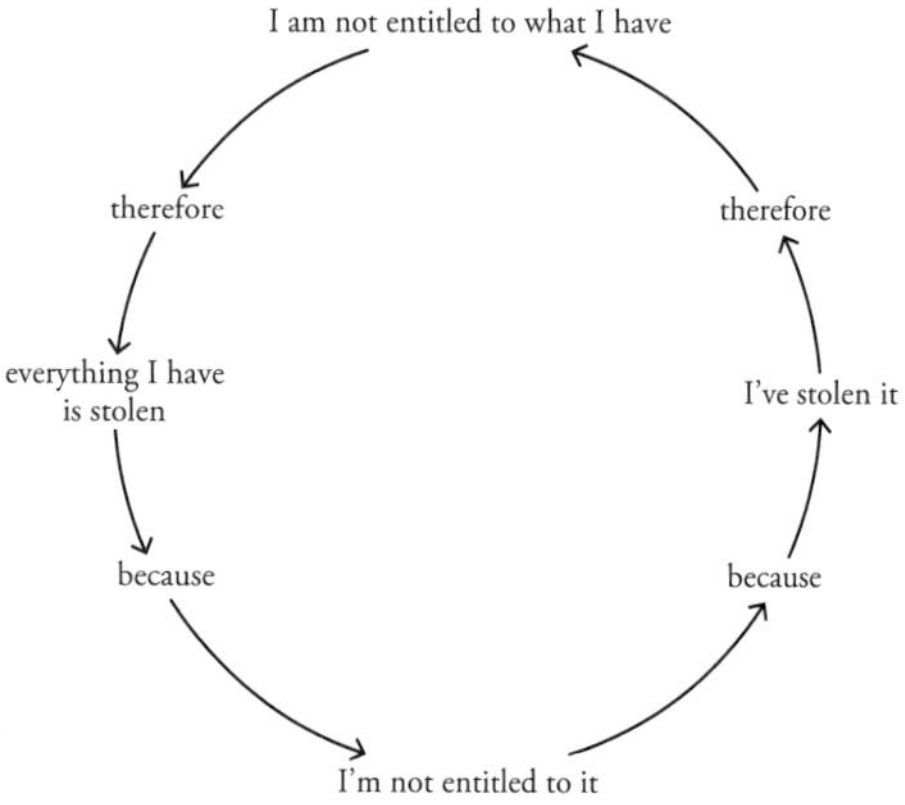
I am not entitled to what I have
therefore
everything I have is stolen
because
I'm not entitled to it
because
I've stolen it
therefore

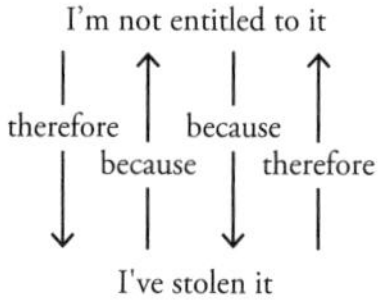
I'm not entitled to it
therefore
because
because
therefore
I've stolen it

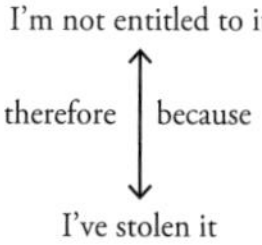
I'm not entitled to it
therefore
because
I've stolen it

積極的結合線と消極的結合線

消極的—勝つはずがない。　わたしのすることはなにもかも間違っている。

積極的—負けるはずがない。　わたしのすることはなにもかも正しい。

わたしはそれをする、なぜなら、それが正しいから。

それは正しい、なぜなら、わたしがそれをするから。

わたしはそれが欲しい
わたしにはそれが手に入る
だから、わたしはいい人だ

わたしはそれが欲しい
わたしにはそれが手に入らない
だから、わたしは悪い人だ

わたしは悪い人だ
　なぜなら、わたしにはそれが手に入らなかったから

わたしは悪い人だ
　なぜなら、わたしは手に入らないものを欲しがったから

わたしは気をつけなくてはならない
　欲しいものが手に入り
　手に入るものを欲しがり

そして、欲しくないものは手に入れないように

よい　　手に入れる　　　　欲しい　　　　できる
悪い　　手に入れない　　欲しくない　　できない
わたしは欲しいものを手に入れることができる
わたしは欲しくないものを手に入れることができない
わたしは欲しいものを手に入れることができる
わたしは欲しくないものを手に入れることができない

わたしには欲しいものが手に入らない傾向がある
そこで
　欲しいものを手に入れるには
　わたしはそれが欲しくないふりをする

手に入れることができないものを欲しがるとは、わたしは悪い人だ
わたしにはそれが手に入らなかった
　だから、それを欲しがるとはわたしは悪い人だ

もしわたしが、それを欲しがるから悪い人なのであれば
それが手に入ったばあいにも、わたしはやはり悪い人だろう

心地が悪いとは、わたしは悪い人なのだ、そして
　心地がいいとは、わたしは悪い人なのだ
なぜなら、人間は悪ければ悪いほど
　心地が悪くなくなるものなのだから

わたしにはなにか問題がある、なぜなら、わたしにどんな問題があるのやら、感じて
　いないのだから

持っているものは、
　与えられたものだ
だから、持っているものはなんでも
　それを持つ資格がある
持っているものが多ければ多いほど
　ますますよい人になる
　　なぜなら、よい人だというので
　　　褒美もますます多くなるからだ
だから、わたしが《獲得する》ものが多ければ多いほど
　それにつれて、わたしはますますよい人になってゆく

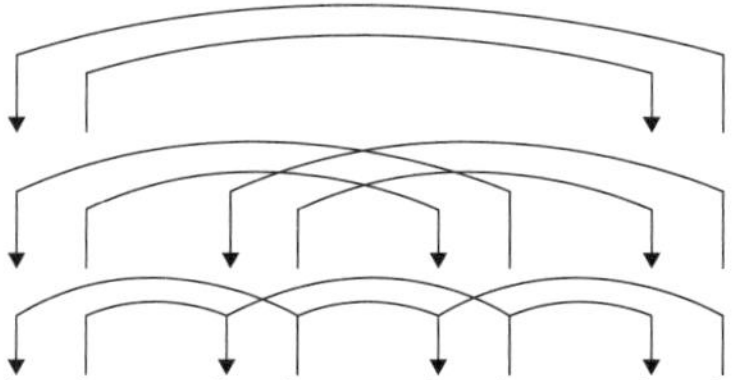

わたしの拵《こしら》えるものが多ければ多いほど
わたしの拵えるものはますます多くなる
わたしの持つものが多ければ多いほど
わたしの持つものはますます多くなる
わたしがよい人になればなるほど
わたしはますますよい人になる
わたしが豊かなら豊かなほど
わたしはますます豊かになる

the more I make
the more I have
the better I am
the more I am

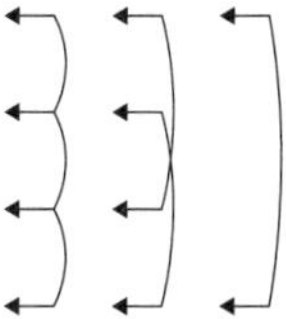

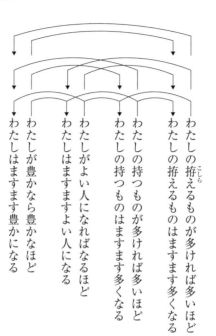

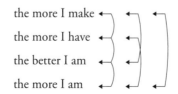

わたしの持っているものはすべて、わたしに与えられたのであり、そしてわたしのものだ

わたしがそれを持っているからには、わたしはそれを与えられたのに違いない
だから、それはわたしのものだ

わたしはそれを持っていない
しかし、わたしはそれを手に入れることができる
だから、
なぜなら、わたしはそれを手に入れる能力を与えられているのだから
それはわたしのものだ。

それはわたしのものではない
しかし、それはわたしに与えられたのであり、そしてわたしはそれを持っている
だから、わたしの持っているもの、ないしは与えられたものにかんして、わたしは感謝の念を抱いている。

しかし、感謝の念を抱くのが、わたしには恨めしい
なぜなら、それはわたしに与えられたのだとすれば、これまでずっとわたしのものだ
　ったわけではないからだ。
だから、もしわたしが感謝の念を抱かなければ
　　わたしはそれを与えられたのではないことになるだろう
だから、それは（過去・現在・未来をつうじて）永遠にわたしのものだ。

Moderato

[もしそれがわたしのものならば
　　　　それはわたしではない　……1
[もしそれがわたしのものでないならば
　　　　それはわたしではない　……2
もしそれがわたしでないならば
　　　　それはわたしのものではない]　……3
もしそれがわたしならば
　　　　それはわたしのものだ]　……4

しかし,

もしそれがわたしのものならば
　　　　それはわたしではない　……1
そしてもしそれがわたしでないならば
　　　　それはわたしのものではない……3

それゆえ,

もし,

もしそれがわたしでないならば
　　　　それはわたしのものではない……3

ならば,

そして**もし,**

もしそれがわたしのものでないならば
　　　　それはわたしではない　……2

ならば,

そして**もし,**

もしそれがわたしのものならば
　　　　それはわたしではない　……1

ならば,

そのばあいには,

もしそれがわたしでないならば
　　　　それはわたしのものだ　……5

[If it is mine Moderato
it is not me 1

[If it is not mine
it is not me 2

If it is not me]
it is not mine] 3

If it is me]
it is mine] 4

But,

if it is mine
it is not me 1
and if it is not me
it is not mine 3

Therefore,

if,
if it is not me
it is not mine 3
and *if,*
if it is not mine
it is not me 2
and *if,*
if mine
it is not me 1

then,

if it's not me
it's mine 5

もしそれがわたしでないならばそれはわたしのものだ ……5 Poco a

もしそれがわたしのものならばそれはわたしではない ……1 Poco

もしそれがわたしのものならばそれはわたしではない ……1 accelerando al fine

もしそれがわたしでないならば

それはわたしのものではない ……3

もしそれがわたしのものでないならば

それはわたしではない ……2

もしそれがわたしでないならば

それはわたしのものだ ……5

もし， もしそれがわたしのものならば

それはわたしではない ……1

もしそれがわたしでないならば

それはわたしのものではない ……3

ならば

そのばあいには，

もしそれがわたしのものならば，それはわたしのものではない ……6

もし， もしそれがわたしのものならば，それはわたしのものではない……6

ならば

もし（1 2 3 4／1 3／3 2 1 5／5 1 1 3 2 5 1 3）ならば

そのばあいには，

もしそれがわたしのものでないならば

それはわたしではない ……2

そしてもしそれがわたしでないならば

それはわたしのものだ ……5

もしそれがわたしのものならば

それはわたしではない， ……1

もし， もしそれがわたしでないならば

それはわたしのものではない ……3

もしそれがわたしでないならば

それはわたしのものだ ……5

ならば

そのばあいには

もしそれがわたしのものならば

それはわたしだ ……7

If it's not me it's mine .....5 — poco a
If it's mine it's not me .....1 — poco
If it's mine it's not me .....1 — accelerando al fine
If it's not me
It's not mine 3
if it's not mine
it's not me 2
if it's not me
it's mine 5
If, if it's mine
it is not me 1
if it is not me
it's not mine 3
then,
If it's mine, it's not mine 6
If, if it's mine, it's not mine 6
if (1 2 3 4 / 1 3 / 3 2 1 5 / 5 1 1 3 2 5 1 3)
then,
if it's not mine,
it is not me 2
and if it's not me
it's mine 5
if it's mine
it's not me, ...1
if, if it's not me
it's not mine 3
if it's not me
it's mine 5
then,
If it's mine
it's me 7

もし，もしそれがわたしのものならば
それはわたしだ ……7
もし（1 2 3 4 1 3 3 2 1 5 5 1 1 3 2 5 1 3 6 6 2 5 1 3 5）ならば
もしそれがわたしならば，それはわたしのものだ ……4
もしそれがわたしのものならばそれはわたしではない ……1
ならば
そのばあいには，もしそれがわたしでないならばそれはわたしのものではない ……3
したがって，
もしそれがわたしのものでないならばそれはわたしだ ……8
もしそれがわたしのものでないならばそれはわたしだ ……8
もし（1……5 7 7 4 1 3）ならば
もしそれがわたしならば
それはわたしのものだ ……4
もしそれがわたしのものならばそれはわたしのものではない ……6
もしそれがわたしのものでないならばそれはわたしではない ……2
もしそれがわたしでないならば
それはわたしのものだ ……5
そのばあいには，
もしそれがわたしのものでないならばそれはわたしのものだ ……9
もしそれがわたしのものでないならばそれはわたしのものだ ……9
もし（1……3 8 8 4 6 2 5）ならば
もしそれがわたしのものならばそれはわたしのものではない ……6
もしそれがわたしのものでないならば
それはわたしではない ……2
もしそれがわたしでないならばそれはわたしのものだ ……5
もしそれがわたしのものならばそれはわたしだ ……7
そのばあいには，
もしそれがわたしならばそれはわたしではない ……10*
もしそれがわたしでないならばそれはわたしのものだ ……5
もしそれがわたしのものならば
それはわたしだ ……7
もしそれがわたしならばそれはわたしのものではない ……11
もしそれがわたしのものでないならば
それはわたしではない ……2
もしそれがわたしでないならば
それはわたしのものだ

＊（同音異名的転換を参照せよ）

if, if it's mine
it's me 7
if (1 2 3 4 1 3 3 2 1 5 5 1 1 3 2 5 1 3 6 6 2 5 1 3 5)
if it's me, it's mine 4
if it's mine it's not me 1
then if it's not me it's not mine 3
hence,
If it's not mine it's me 8
If it's not mine it's me 8
if (1.....5 7 7 4 1 3)
if it's me
it's mine 4
if it's mine it's not mine 6
if it's not mine it's not me 2
if it's not me
it's mine 5
Then,
If it's not mine it's mine 9
If it's not mine it's mine 9
if (1.....3 8 8 4 6 2 5)
if it's mine it's not mine 6
if it's not mine
it's not me 2
if it's not me it's mine 5
if it's mine it's me 7
Then, if it's me it's not me .....10 (cf. an enharmonic change)
if it's not me it's mine 5
if it's mine
it's me 7
If it's me it's not mine 11
If it's not mine
it's not me 2
if it's not me
it's mine

もしそれがわたしのものならばそれはわたしのものではない
もしそれがわたしのものでないならばそれはわたしのものだ
　もし《それはわたしのものだ》がわたしでないならば
　もし《わたしでない》がわたしのものでないならば
　もし《わたしのものでない》が
　　　　　　　　　　　　　　　わたしならば
　もしわたしが《わたしのものでない》ならば
　もし《わたしのものでない》がわたしでないならば
そのばあいには、もしわたしでないならば、それはわたしだ
もしわたしでないならば、それはわたしだ
もしそれがわたしならば、それはわたしのものではない
もしそれがわたしのものでないならばそれはわたしではない
もしそれがわたしでないならば、それはわたしだ
もしそれがわたしならば
　それはわたしのものではない
もしそれがわたしのものでないならば
　それはわたしだ

もしそれがわたしならば、それはわたしのものだ
もしそれがわたしのものならば
それはわたしではない
それゆえもしそれがわたしでないならば
それはわたしのものだ
もしそれがわたしのものならばそれはわたしのものだ

もしそれがわたしのものならばそれはわたしのものだ
もしそれがわたしのものならばそれはわたしのものではない
もしそれがわたしのものでないならばそれはわたしのものだ
もしそれがわたしのものならば、それはわたしのものだ
もしそれがわたしのものならば、それはわたしのものではない
もしそれがわたしのものでないならば、
それはわたしだ
もしそれがわたしならばそれはわたしのものだ
もしそれがわたしのものならばそれはわたしではない
もしそれがわたしでないならばそれはわたしだ
もしそれがわたしならば
それはわたしではない
もしそれがわたしでないならば
それはわたしだ
もし、それがわたしでないならば、もしそれがわたしであるならば
もし、それがわたしならば、もしそれがわたしでないならば
もしそれがわたしならばもしそれがわたしであるならば

もしそれがわたしでないならばもしそれがわたしであるならば
もしそれがわたしでないならばもしそれがわたしでないならば
それはわたしだもしそれがわたしでないならば
もしそれがわたしでないならば、それはわたしだ
もしそれがわたしならばそれはわたしではない
もしそれがわたしでないならばそれはわたしだ
もしそれがわたしならば、
もしそれがわたしでないならば。
もしそれがわたしならば

もしそれがわたしでないならば
もしそれがわたしならば
もしそれがわたしでないならば
もしそれがわたしならば
もしそれがわたしでないならば、それはわたしだ
もしそれがわたしでないならばそれはわたしではない
それはわたしではないもしそれがわたしならば
もしそれがわたしならばそれはわたしだ
それはわたしだもしそれがわたしでないならば
もしそれがわたしでないならば、それはわたしではない
もしそれがわたしでないならば、それはわたしだ
それはわたしだもしそれがわたしならば
もしそれがわたしでないならばそれはわたしではない
それはわたしではないもしそれがわたしでないならば
もしそれがわたしならば、それはわたしだ
もしそれがわたしならば、それはわたしだ
わたしはそれだ

もしそれがわたしでないならば
もしそれがわたしでないならば、わたしはそれだ、もしわたしがそれでないならば、わたしはそれだ、もしわたしがそれならば、わたしはそれではない。

彼女は彼が彼女を欲することを欲する
彼は彼女が彼を欲することを欲する

彼に彼女を欲せしめるために
　彼女は彼を欲するふりをする
彼女に彼を欲せしめるために
　彼は彼女を欲するふりをする

ジャックは欲する
　ジルがジャックを欲することを
　　そこで
ジャックはジルに語る
　ジャックはジルを欲すると

ジルは欲する
　ジャックがジルを欲することを
　　そこで
ジルはジャックに語る
　ジルはジャックを欲すると

完璧な契約

ジルとジャックとはともに欲してもらいたいと欲する
ジルはジャックを欲する、なぜなら彼は欲してもらいたいと欲するから
ジャックはジルを欲する、なぜなら彼女は欲してもらいたいと欲するから
彼女が欲するとよい、と彼が欲したら、お返しに
彼女が欲するとよい、とジャックが欲するとよい、と
ジルが欲するように、と……＊
ジャックが欲するように、とジルは欲する
ジャックが欲するように、と彼女が欲するように、と
彼が欲したら、お返しに
彼女が欲するとよい、とジャックが欲するとよい、と
ジルが欲するように、と
ジャックが欲するように、と
ジルが欲するとよい、とジャックが欲するように、と……＊

＊　はてしなく《シネ・フィネ》繰り返すこと

彼女が彼からもらいたいものは彼女の手に入らない
　そこで彼女は感ずる、彼はけちだと
彼が彼女からもらいたいものを彼女は彼にやることができない
　そこで彼女は感ずる、彼は欲張りだと

　彼が彼女からもらいたいものは彼の手に入らない
　　そこで彼は感ずる、彼女はけちだと

そして
　彼女が彼からもらいたいものを彼は彼女にやることができない
　　そこで彼は感ずる、彼女は欲張りだと

ジルは思う、ジャックはけちで欲張りだと
ジャックは思う、ジルはけちで欲張りだと
ジャックはけちだと、ジルが感ずれば感ずるほど
ジャックは感ずる、ジルのことをますます欲張りだと
ジャックは欲張りだと、ジルが感ずれば感ずるほど
ジャックは感ずる、ジルのことをますますけちだと
ジャックは感ずる、ジルのことをますます欲張りだと
　ジルは感ずる、ジャックのことをますますけちだと
　ジルは感ずる、ジャックのことをますますけちだと
ジャックは感ずる、ジルのことをますます欲張りだと
ジャックは感ずる、ジルは欲張りだと、
　　なぜなら、ジルが感ずるから、ジャックはけちだと
ジルは感ずる、ジャックはけちだと
　なぜなら、ジャックが感ずるから、ジルは欲張りだと
ジャックは感ずる、ジルはけちだと
　　なぜなら、ジルが感ずるから、ジャックは欲張りだと
ジルは感ずる、ジャックは欲張りだと

なぜなら、ジャックが感ずるから、ジルはけちだと

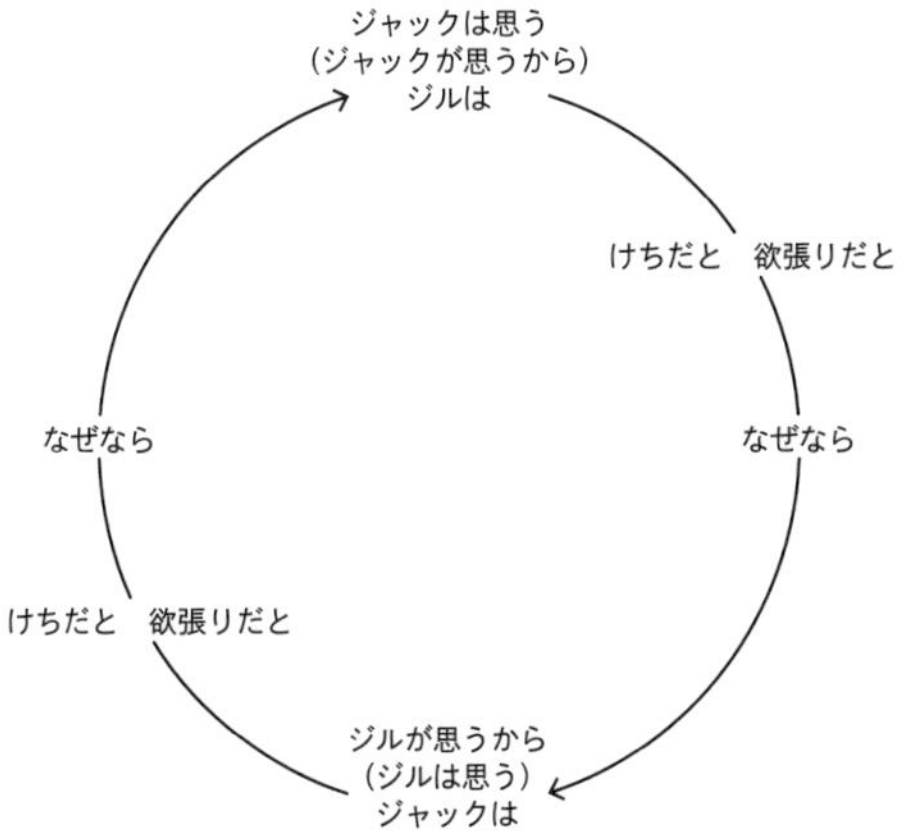
ジャックは思う
（ジャックが思うから）
ジルは
けちだと　欲張りだと
なぜなら
なぜなら
けちだと　欲張りだと
ジルが思うから
（ジルは思う）
ジャックは

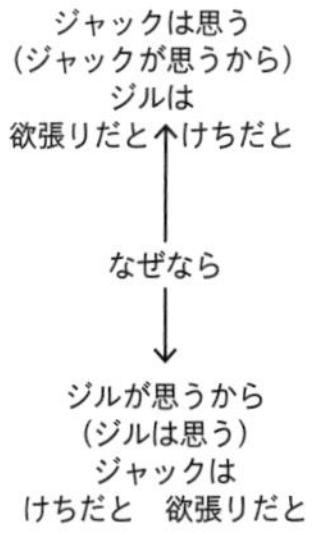
ジャックは思う
（ジャックが思うから）
ジルは
欲張りだと
けちだと
なぜなら
ジルが思うから
（ジルは思う）
ジャックは
けちだと　欲張りだと

ジャックが
　彼は欲張りだと感ずるとはジルはけちだ、と感ずれば感ずるほど
　　　　それだけ
　　　彼女はけちだと感ずるとは
　　彼は欲張りだと感ずるとは彼女はけちだと感ずるとは
　ジャックはけちだと、ますますジルは感ずる

彼女はけちだと感ずるとは彼は欲張りだと感ずるとは彼女はけちだと感ずるとは
　ジャックはけちだと、ジルが感ずれば感ずるほど、それだけ
　彼の欲しがるものを彼女が彼にやらないからといって
　　　彼女はけちだと感ずるとは
　　　彼は欲張りだと感ずるとは
　　　彼女はけちだと感ずるとは
　　ジャックはけちだと
　感ずるとは
ジルはけちだと、ますますジャックは感ずる

自分（彼）について判断を下すさいに
彼女がもっと寛大であってほしいと、彼は思う
すなわち、
彼女はけちだと感ずるとは
彼は欲張りだと感ずるとは
彼女はけちだと感ずるとは
彼はけちだと感ずるとは
彼女はけちだと感ずるとは
彼は欲張りだと感ずるとは
彼女はけちだと感ずるとは
彼はけちだとは感じないでもらいたいと

彼女は感ずる
《彼はものをたくさん求めすぎる（欲張りだ）わ
わたしにこんなことを期待するんですもの——
彼はものをたくさん求めすぎる（欲張りだ）なんて感ずるな、ですって
わたしにこんなことを期待するんですもの——
彼女が欲張りだと感ずるとは
彼は欲張りだと感ずるとは
彼女はけちだと感ずるとは
彼はけちだと感ずるとは
彼女はけちだと感ずるとは
彼は欲張りだと感ずるとは
彼女はけちだと感ずるとは
彼はけちで欲張りだなんて感ずるな、ですって
わたしが欲しているのはただひとつ、
わたしについて判断を下すさいに彼がもっと寛大であってほしい、ということ
だけなのに

つまり、
自分（彼）について判断を下すさいに彼女がもっと寛大であってほしい、とわたしに求めるとは
彼はけちだと感ずるとは
彼女は欲張りだと感ずるとは
彼はけちだと感ずるとは
彼女はけちだと感ずるとは
彼はけちだと感ずるとは
彼女は欲張りだと感ずるとは
彼はけちだと感ずるとは
彼女はけちだなんて感じないでもらいたい、ということだけなのに
つまり、》

3

わたしが知らないのをわたしが知らないならば
わたしは知っているとわたしは思う
わたしが知っているのをわたしが知らないならば
わたしは知らないとわたしは思う

わたしはほんとうは知らないのに、人からは
　わたしが知っているように思われている、そんなことがなにかある。
わたしはほんとうは知らないのに、それでいて人からは
　わたしが知っているように思われているのがどんなことなのか、わたしは知ら
　ない。

そしてわたしは感ずる、――もし
　わたしがそれを知らないらしく見え、そのうえ
　　わたしが知らないのがどんなことなのかも知らないらしく見えるなら
わたしはばかみたいに見える、と。
だからわたしはそれを知っているふりをする。
　これでは神経がたまらない
なにしろわたしは、自分が知っているふりをせねばならないのがどんなことか
　も知らないのだから。
だからわたしはなにもかも知っているふりをする

わたしは感ずる、――あなたは知っているのだ、わたしが知っているように思われて
　いるのがどんなことかを

しかしあなたはそれがどんなことかわたしに語り聞かせることができない
なぜなら、それがどんなことかわたしが知らないのを、あなたは知らないのだから、
　と。

わたしが知らないことがらを、あなたは知っているかもしれない、しかしあなたは、
　わたしがそれを知らないということを知らない
したがって、わたしはあなたに尋ねることができない。そこであなたはなにもかもわ
　たしに語り聞かせなくてはならないだろう。

ジャックは悟ることができる
　ジルが悟ることができずにいることがらを自分は悟っている、ということを
　そしてジルはそれを悟ることができずにいる、ということをジルは悟ることができずにいる、ということを

ジャックは悟ることができる
　ジルが悟ることができずにいることがらを自分は悟っている、ということを
しかしジャックは悟ることができない
　　ジルはそれを悟ることができずにいる、ということを
　ジルは悟ることができずにいる、ということを

ジャックはジルに悟らせようと試みる
　ジルが悟ることができずにいることがらを
　ジャックは悟ることができるということを

しかしジャックは悟ることができない
　ジルはそれを悟ることができずにいる、ということをジルは悟ることができず
　　にいる、ということを

ジャックは悟っている
　ジルが悟ることができずにいることがらがなにかあるのを
そしてジャックは悟っている
　ジルは自分（彼女）がそれを悟ることができずにいるのを悟ることがで
　　きずにいる、ということを
ジルは自分（彼女）がそれを悟ることができずにいるのを悟ることができずにいる、
　ということをジャックは悟ることができるけれども
彼は彼が彼自身それを悟ることができずにいるのを悟ることができない

ジャックは悟ることができる

1　ジルが悟ることができずにいることがらがなにかあるのを

2　そして彼女は自分（彼女）が悟ることができずにいることがらがなにか
あるのを悟ることができる、ということを

3　しかし彼女は自分（彼女）が悟ることができずにいるのがどんなことな
のかを悟ることができずにいる、ということを

ただし

（ジャックはそのことを悟ることができる）

4　それがどんなものでもジャックは悟ることができる、ということ
を彼女は悟ることができる

彼女は自分（彼女）が悟ることができずにいるのを悟るこ
とができる

しかしそれがどんなことなのかを悟ることができない

ジャックは思う
　自分が思っているのがどんなことなのか
　　自分は知らない、と
　　彼は知らないと
　　ジルは思っている、と

しかしジルは思う、ジャックはそれをたしかに知っているのだ、と。

そこでジルは知らずにいる——
　ジャックはたしかに知っているのだと
　ジルが思っているのを
　ジャックが知らずにいるのを
　　彼女自身が知らずにいるのを
そしてジャックは知らずにいる——
自分はそれを知らずにいるとジャックが思っている、まさにそのことがらを
　ジャックは知っているとジルが思っている、ということを
ジャックが知らずにいる、ということを

　彼女自身が知らずにいる、ということをジルは知らずにいる、ということを
自分（彼）が知らずにいるのを

ジャックは知らずにいる、自分が知っているのを
そして彼は知らずにいる
　ジルが知らずにいるのを

ジルは知らずにいる、自分が知らずにいるのを、
　そして知らずにいる――
　　ジャックは彼自身が知っているのを知らずにいる、ということを
　そしてジルが知らずにいるのを彼は知らずにいる、ということを
彼らにはなんの問題もない

ジャックは思う――
　ジルがそれを知らないのを自分が知っている、まさにそのことがらとは、
ジルが知ろうと努めている種類のことがらのうちには
知らなくてはならないようなことはなにひとつない、ということなのだが
しかし、ジルはこのことを自力で見つけださなくてはならない、と。

ジルは思う――
　自分がそれを知らずにいるとわたしが思っている、
　まさにそのことがらを、ジャックは知っているんだわ、と。
ジャックは知らずにいる――
　ジルにとってなにかしら知るべきことがあるのを
　そしてジルがこう思っているのを
　　わたしはそれを知らないけれど
　　ジャックは知っているんだわ、と。
そこでジャックはジルに説き聞かせる、知らなくてはならないようなことはなにひと
　つない、と。

ジャックは
　自分が知らないのを知っていて
しかも悟っている、ジルは
　　自分（彼女）が知っているのを知らずにいる、ということを。
　自分（彼）がそれを知らずにいるのをジャックが知っている、まさにそのこと
　がらを、ジルが
ジャックに語り聞かせることによって
　自分（彼女）がそれを知っているのを彼女が知らずにいる、まさにそのことが
　らを
　彼女自身が知っているのだ、ということを彼女が知ることができるように
ジャックがジルの手助けをできるように、ジルはジャックの手助けをする

ところがジルは
　思う――
　　わたしは自分が知らずにいるのを知っているわ、と
そしてジャックは知っているんだわ
　わたしが知らずにいるのをわたしが知っているということを、と

そしてジャックは知っているんだわ
　わたしが知らずにいる、まさにそのことがらを、と。

ジルは思う――
　なにかしら、わたしの知っていることがあるのよ、
　そして、自分がそれを知っているのをわたしは知らずにいるんだわ、と
彼女は思う、ジャックはそれを知らないのね、
　そして、ジャックは自分が知らないのを知っているんだわ、と
ジルは期待する――ジャックの助けを借りれば
　わたしは知ることになるんだわ
　自分（彼）がそれを知らないのをジャックが知っている、まさにそのことがら
　を
　わたしは知っているのだ、ということを。
しかし、ジャックが了解することができさえすればよいのだが――
　ジャックは自分がそれを知らないのを知っている
　しかも、ジルは自分がそれを知っているのを知らずにいる、まさにそのことが
　らを
　ジルは知っているのだ、というふうに。

ジャックは知っている、自分が知らないのを。
ジルは思う、ジャックが知らないことがらを自分は知っている、と。ところが、
彼女は知らずにいる、彼がそれを知らないのを。
ジャックは知らずにいる
　彼が知らないのをジルが知らずにいるということを、
そして思う、自分がそれを知らないのを自分が知っている、まさにそのことがらを、
　彼女は知っているのだ、と。

ジャックはジルを信ずる
ジャックはいまや自分が知らないのを知らずにいる。
これでめでたしめでたし。

ジャックは思う、自分が悟っていないことがらを、自分は悟っている、と＊
そして、彼女が悟っていないことがらを、ジルは悟っている、と。
ジルはジャックを信ずる。

彼女はいまや思う、ジャックが自分（彼）はそれを悟っていると思っている、まさに
　そのことがらを、彼女は悟っている、と
　　そしてジャックもやはりそのことがらを悟っている、と。
彼らはいまや二人とも完全に思い違いしているかもしれない。

＊これは曖昧である。ジャックが自分は幻想の虜になっていると思うとする。彼は正しいだろうか、間違っているだろうか。ジャックが自分は幻想に支配されてはいないと思うとする。彼は正しいだろうか、間違っているだろうか。とにかく試してみたまえ。

ジャックはなにかを悟っていない。
ジルは思う、ジャックはたしかにそれを悟っている、と。
ジャックは思う、自分はたしかにそれを悟っており、そしてジルは悟っていない、と。
　ジャックがたしかになにかを悟っていると彼女は思っているが、
ジル自身はというと、彼女はそれがどんなことか悟ってはいない。

ジャックはジルに語り聞かせる
　ジャックの考えでは、ジルがどんなことを悟っていないかを。

ジルは了解する——
　　つまり
　　　もしジャックの考えでは
　　　　ジルが自分（彼女）はそれを悟っていると思っている、
　　　　まさにそのことをジルは悟ってはいないということなのであれば
　　　ジャックが悟っているものと
　　　　ジルが思っていた、まさにそのことがらを
　　　ジャックは悟ってはいないわけだ、と。

　　ジルがなにかを悟っていないと
　ジャックが思っていると
ジルは思う。

ジャックはたしかに思っている
　ジルはそれを悟っている、と
しかし、ジャックは悟ってはいない
　ジルは悟っていないと
　ジャックが思っていると
　ジルは思っている、ということを。

ジルは思う。——ジャックはそれを悟ることができるとわたしが思っている、まさに
　そのことがらを、わたしは悟ることができずにいる、と
そして、ジャック自身、
　わたしがそれを悟ってはいないと思っている、と。

ジャックは悟っている、ジルがたしかにそれを悟っているのを、それなのに
　彼女が自分は悟っていないと思っているのを、
そして彼女がこう思っているのを——
　わたしは悟っていないと
　　彼は思っているのね、と

しかし、ジャックは悟ることができない、ジルが悟ることができずにいるのはどんな
　ことなのかを。ともあれ、
　そのために、彼女はこう思っているのだが。——ジャックはわたしがなにかを
　　悟ることができると思っているけれど、まさにそのことががどんなことな
　　のか、わたしには悟ることができないわ、と。
　そしてこう思っているのだが。——わたしには悟ることができないなん

て、彼は思っているんだわ、と。

たとえば

ジルは思う——

ジャックはわたしがばかだと思っているのね、と。

ジャックは思ってはいない、ジルがばかだなどとは。

だが、彼は悟ることができない——、

ジャックがそう思ってはいないのに

ジルはばかだとジャックは思っている、などとジルが思っているのはなぜか、

ということを。

ジルにも悟ることができない、ジャックは嘘をついている、ということは別として。

ジャックは悟っている
　ジルには悟ることができないのをジルには悟ることができないのを
そしてこうも悟っている
　ジルは自分にはどんなことを悟ることができないかを悟ることができないのを
　　ジャックは悟ることができるし、それに
　　　自分（彼）が悟っているのを悟ることができる、ということを
　ジルには悟ることができないのを。
ジャックはジルに了解させようと試みる――
　自分には自分が悟ることができないのを悟ることができないことがらが
　なにかあるのかもしれない、というふうに。

ジルは思う。――わたしはそれを悟っているし
　それにこう悟ることだってできるわ、ジャックはこんなことを思っているのね、
　　ジルは自分がそれを悟っていると思っているな、と
　でも、ジャックはこう思っているのよ、
　　ジルには自分には悟ることができないのを悟ることができないのだなん

て。

ジルは思う。——

ジャックは自分ではそれを悟ることができると思っているけれど、まさ
にそのことがらを
自分には悟ることができないのをジャックには悟ることができないのね

そして、こうも思う。——（だからだわ）彼には悟ることができないのよ、
彼はそれを悟っていると思っていて、でも悟ってはいないけれど、
まさにそのことがらを、わたしが悟っているということを。

ジャックは思う、ぼくは知っている、と
ジルは思う、わたしは知らない、と
ジャックはジルに語り聞かせる
　自分がそれを知っていて
　しかも自分がそれを知っているのを知っていて
　しかもジルがそれを知らないのを知っていて
　しかもジルがそれを知りもしないのに
　　彼女自身はそれを知っているように思うことが
　　　ときとしてあるのを知っている、まさにそのことがらを。

ジャックはときとしてこんなふうに感ずる——
ジルはぼくを理想化して、ぼくのことを
なんでも知っている（なんでもできる）ようにみなしている、と
そこで彼はジルに指摘してみせる——
ぼくはただの人間で、
なんでも知っているわけでもないし、なんでもできるわけでもない、と。

ジャックは言う、——きみ（ジル）は
ぼくのことをなんでもできるように
みなすが、それはきみ自身が無能なままでいたいため、ぼくに
きみを有能にすることをできなくさせたいため、
ぼくの有能さを
破壊したいためだ、きみはぼくの有能さを羨んでいるからだ……
ジルは思う、ジャックは間違っている、と。

ジャックは思う――
ジルはぼくがそれを知っているように思っているが（そのことなら、ぼくは悟ることができる）
まさにそのことがらを、ぼくは知らずにいるのだ、と。
また思う。――ジルは、ジャックはそれを知っているくせに
自分はそれを知らないと
思っている、と思っているのだな、
まさにそのことがらを、ジルは知っているのだ、と。

ジャックはジルに語り聞かせる――
「きみはぼくがこのことを知っているように思っているが、
ぼくは知らないのだよ」と。
ジルは思う。――彼は知っているのよ、でもわたしに語り聞かせまいとしているのだわ、と。

ジャックは知っている、自分が知らないのを、
しかし彼は知らない、彼は自分が知らないのを知っている、ということを
　彼女自身が知らないのをジルは知らずにいる、ということを。

ジャックは思う——
　ジャックは
　　ジャックは知らない、ということを知っている
　　ジルはたしかに知っている、ということを知っている
　　ジルは彼女自身が知っているのを知らずにいる、ということを知
　　　っている
　　ジルはジャックが知っていると思っている、ということを知って
　　いる
　　　　ジャックは自分が知っているのを知らずにいると
　　ジルは思っている、ということを知っている
また思う。——それこそ彼が思っていることがらだというふうにジルは了解し
　ている、と
しかしこうも思う。——彼女は彼が間違っていると思っている、と。

ジャックは悟っている——
　ジャックはそれを知っていると
　ジルが思っている、
まさにそのことがらをジャックは知らないのだ、ということを
ジルは知らずにいる、ということを。
しかしジャックは悟ることができない——
　彼はそれを知っていると
　ジルが思っている、まさにそのことがらを
　ジャックは知らないのだ、ということを
　ジルが知らずにいるのはなぜか、ということを。

ジャックは了解する——
　ジャックはそれを知っていると
ジルが思っている、まさにそのことがらを
　自分（彼）は知らないのだ、ということを
　彼は知っているのを
彼女は知らずにいるということを、彼は知っているというふうに
しかしこれは、彼はそれを知っている、とジルが思っているまさにそのことがらでは
ない、というふうに。

そのうえジャックは悟っている——ジャックはそれを知っているとジルが思っている、
まさにそのことがらを、ジル自身も知ってはいるのだが、ジルは彼女自身がそのこ
とがらを知っているのを了解していない、ということを。

ジャックは悟っている——
　ジャックはそれを知っていると

　ジルが思っているが、まさにそのことがらを
ジルは知っている、ということを
そしてこうも悟っている――
ジルは知らずにいる
　彼女自身が知っているのを
そしてジャックは彼自身が知らないのを知っているのを
彼はジルに言い聞かせることができない、
　それがどんなものかを。
なぜならば、彼はジルがそれを知っているのを悟ることができるとはいえ、
彼自身はそれを知らずにいるのだから。

ジルは知らずにいる
　ジャックがXを知らないのを、
そしてジャックが彼女に言い聞かすことができるのは、せいぜいこれだけだ——ぼく
　にはどんなものかわからないが、とにかくなにかがある、
　　ぼくは知らないのだ。

なにかしらジャックの悟ることのできないことがある。
彼は、なにかしら自分の悟ることのできないことがあるのを知っている、
しかし彼は知らずにいる、彼に悟ることのできないのがどんなものかを。
しかしジャックは悟ることができる、
　ジャックにはなにかを悟ることができない、ということをジルは悟ることがで
　　きる、ということを

ジャックは知らずにいる
　自分が知らずにいるのがどんなことかを

しかし彼は思う――
　ぼくの知らないなにかとはいったいどんなものかを、ジルは知っている、と。

ジャックはジルに言い聞かせることができない、彼がジルから
　言い聞かせてほしいのがどんなことかを。
ジルもまた彼に言い聞かせることができない
なぜなら、ジルはXを知っているけれども
　ジャックはXを知らないということを
ジルは知らずにいるのだから。

ジャックには悟ることができる——
彼女は彼女自身がXを知っているのを知らずにいる
ということを彼が了解しているのを
ジルが知っているということを。
彼女自身がそのことがらを知っているのを
ジルが見いだすには、
ジャックが知らないのがどんなことかを了解するよりほかにはない

しかしジルには
　ジャックが知らないのがどんなことかを
悟ることができない。
もし悟っていたら、彼女は喜んで彼に語り聞かせるだろうに。

ジャックは悟ることができる
　彼に悟ることができることがらをジルは悟ることができずにいる、ということ
　　を自分が悟っているのを
そして彼は悟ることができる
　ジルは自分には悟ることができないのを悟ることができずにいる、ということ
　を
しかし彼には悟ることができない――
　ジルが自分には悟ることができないのを悟ることができずにいるのはなぜか、
　ということを。

ジルは
　悟ることができる、彼が彼女を理解していないのを
そしてこうも悟ることができる、彼は自分が彼女を理解していないのを悟ることがで
　きずにいる、ということを。
そして彼女は悟ることができる
　彼は自分が悟っていないのを悟ることができずにいる、ということを彼女が悟

ている、ということを
　自分が悟ることができないのを彼は悟ることができずにいる、というこ
とを。

それでもやはり彼女が困惑しているのはなぜか。
彼女は理解することができない――
彼は自分が理解していないのを悟ることができずにいる、ということを彼女が悟って
いる、ということを彼が悟ることができずにいるのはなぜか、ということを。

ジルは悟ることができる、ジャックには悟ることができないのを、
　そして彼が自分には悟ることができないのを悟ることができずにいるの
　を。
ジルは悟ることができる
　ジャックには悟ることができないのはなぜか、ということを。
しかしジルには悟ることができない――
　ジャックが自分には悟ることができないのを悟ることができずにいるのはなぜ、
　か、ということを。

ジャックはジルがめくらなのを《悟って》いる
　そして彼は悟っている、ジルは自分がめくらなのを悟ることができずにいる、
　ということを。

ジャックは彼らが二人ともめくらなのを了解している。
もしめくらがめくらを導かねばならないのだとすれば、
導き手が自分はめくらだと知っているほうがまだましだ。

ジャックは自分には悟ることができないのを悟ることができずにいる
そして彼は悟ることができずにいる――
ジルは自分にはそれを悟ることができないのを悟ることができずにいるのを。
そして逆もまたしかり。

4

ジャックはジルを恐れている
ジルはジャックを恐れている

ジャックがジルを恐れていると
　ジルが思っていると
　　ジャックが思うならば
ジャックはジルをますます恐れる
ジルがジャックを恐れていると
　ジャックが思っていると
　　ジルが思うならば
ジルはジャックをますます恐れる
　　ジャックが恐れていると
　ジルが思うだろうと
ジャックは恐れているものだから
　ジャックは自分がジルを
　　恐れていないふりをする

そのためにジルはジャックのことをますます恐れるだろう
　　そして、ジルが恐れていると
　ジャックが思うだろうと
ジルは恐れているものだから
　ジルは自分がジャックを
　　恐れていないふりをする

このようにして
　ジャックはジルを恐れないことで
　　ジルを恐れさせようと試みる
　そしてジルはジャックを恐れないことで
　　ジャックを恐れさせようと試みる

ジャックがジルを恐れれば恐れるほど
　それだけいっそうジャックはおびえる
　　　ジャックは恐れていると
　　ジルが思うだろう、ということに

ジルがジャックを恐れれば恐れるほど
　それだけいっそうジルはおびえる
　　　ジルが恐れていると
　　ジャックは思うだろう、ということに

ジャックがジルを恐れれば恐れるほど
　それだけいっそうジャックはおびえる
自分はジルにおびえないということに
なぜなら、こんなに危険な者と直面しながら
恐れないというのは非常に危険なことだからだ
ジャックはおびえる、なぜならジルが危険な者だから

ジルは危険な者に見える、なぜならジャックがおびえるから
ジルがジャックを恐れれば恐れるほど
　それだけいっそうジルはおびえる
自分はジャックにおびえないということに

ジャックは、自分はおびえないということにおびえればおびえるほど
それだけいっそう自分がおびえて見えるということにおびえる

ジルは、自分はおびえないということに
　　おびえればおびえるほど
それだけいっそう自分がおびえているように
　　見えるということにおびえる

めいめいが、おびえればおびえるほど、
　　それだけいっそう、めいめいがおびえていないように見えてくる

ジャックはおびえる
　　自分はジルにおびえないということに
そして、ジルにおびえているように見えるということに
そしてジルがジャックにおびえないということに

　　　　　　ジルはおびえる

　自分はジャックにおびえないということに
　ジャックにおびえているように見えるということに
そしてジャックがジルにおびえないということに
だからジャックは、彼女がおびえていないように見える、ということに
　おびえてはいない、と見せることによって
ジルをおびえさせようと試みる
そしてジルは、彼がおびえていないように見える、ということに
　おびえてはいない、と見せることによって
ジャックをおびえさせようと試みる

ジャックは、おびえてはいない、と見せようと試みれば試みるほど
　それだけいっそうおびえる――
　ジルがおびえない、ということに
　自分はおびえて見える、ということに
　　自分はおびえない、ということに

ジルは、おびえてはいない、と見せようと試みれば試みるほど
　それだけいっそうおびえる――
　ジャックがおびえない、ということに
　自分はおびえて見える、ということに
　　自分はおびえない、ということに

こんなふうであればあるほど
　それだけいっそう、ジャックは、おびえていないと
見せることによってジルをおびえさせる
そしてそれだけいっそう、ジルは、おびえていないと
　見せることによってジャックをおびえさせる

おびえないのではないかと
そしておびえさせないのではないかと
おびえるかわりに
おびえるのではないかと、そしておびえさせるのではないかと
おびえるように、めいめいがなるわけにはいかないのだろうか。

ジャックとジルとは
　たがいが相手に恐怖を覚えないということに恐怖を覚えるあまり
　たがいが相手に恐怖を覚えることに恐怖を覚えるように
なり、そして
ばあいによっては
　たがいが相手に恐怖を覚えないということに恐怖を覚えないように
なることが、できるのではなかろうか

5

すべてがすべてのなかに
ひとりひとりがすべての人のなかに
すべての人がひとりひとりのなかに

すべての存在がそれぞれの存在のなかに
それぞれの存在がすべての存在のなかに

すべてがそれぞれのなかに
それぞれがすべてのなかに

すべての区別は心である、心によってあり、心のなかにあり、心の一部である
区別がなければ区別する心もない

人は内側にいる
それから、これまでその内側にいたものの外側へ出る
人はからっぽな感じがする
なぜなら自分自身の内側にはなにもないからだ
　自分がいまその外側にいるものの
　内側に入り込もうと、ひとたび試みるやいなや
人はたちまち自分自身の内側に
　——人がかつてその内側にいたところの
　外側のむこうにあるあの内側に——
入り込もうと試みるのだ
　食べようとして、また食べられようとして
外側を内側に持とうとして、そして
　外側の内側にいようとして

しかしこれだけでは十分ではない。人はいま、自分がその外側にいるものの内側を内側にしようと、そして外側の内側に入り込もうと試みつつある。しかし人は、外側を内側にしたところで、外側の内側に入り込めるものではない

それというのも、
人は、外側の内側のまったき内側にいるのだけれども、やはり
自分自身の内側の外側にいるのだし
そして外側を内側にしたところで
人はからっぽなままだからだ、なぜからっぽかといえば
人が内側にいるあいだは
外側の内側さえ外側であり
そして自分自身の内側には依然としてなにもないからだ
ほかのなにものも、これまで一度としてあったことがなく
そしてこれからもけっしてないだろう

わたしはそれをしている
わたしがしているそれは
それをしているわたしだ
わたしがしているわたしは
それはそれをしているそれだ
わたしはわたしがしているわたしをしている
それはそれをしているそれによってされている

人は恐れている——
恐れている自己
を恐れている自己
を恐れている自己を
たぶん影のなかに映った影のなかに映った影といったようなものだ

これまでに無数の存在が涅槃《ねはん》に導かれていったけれども
これまでにいかなる存在も涅槃に導かれていかなかった

門を通り抜けないうちは
門があることに気づかないのかもしれない
通り抜けるべき門があると思って
長いあいだそれを探しても
ついにそれを見つけださないのかもしれない
それを見つけだすのかもしれない、しかも
それが開かないのかもしれない
それが開けばそれを通り抜けるのかもしれない
それを通り抜けるときに
人は悟る、自分が通り抜けた門とは
それを通り抜けた自己だった、ということを
だれひとりとして、門を通り抜けはしなかった
通り抜けようにも門などはなかった
かつて、だれひとりとして、門を見いだしはしなかった

かつて、だれひとりとして、門などまったくないことを了解しはしなかった

筏《いかだ》に行きつきでもしたように
いまや法《ダルマ》についての講話を知った者は
法を捨て去ってしかるべきである、いわんや
非法《ノー＝ダルマ》においておや

法は、いわんや非法は、
捨て去ってしかるべきである、と聞くとき
門はないとの意見を抱く者もいる
かくのごときが彼らの意見である
それを通り抜けることを
措《お》いてほかに、知る道とてはない

一本の指が月をさし示す

　　一本の指が月をさし示す
という表現を括弧のなかに入れたまえ
　（一本の指が月をさし示す）
　「一本の指が月をさし示すは括弧のなかにある」
という陳述は、とりもなおさず、つぎのように語ろうとする試みである。すなわち、
　すべて括弧のなかにあるもの
　（　　　　　　　　　　　　　　　　　　　）
と、括弧のなかにないものとの関係は、
指と月との関係のごとくである、と

可能なかぎりの表現を括弧のなかに入れたまえ
可能なかぎりの形式を括弧のなかに入れたまえ
そして括弧を括弧のなかに入れたまえ

あらゆる表現およびあらゆる形式と

表現なくまた形式なきものとの関係は
指と月との関係のごとくである
すべての表現およびすべての形式は
表現なくまた形式なきものをさし示す
　「すべての形式は形式なきものをさし示す」
という命題は
それ自体、形式的命題である

指の月におけるは
形の形なきものにおけるがごとし
というのでは
なくて
指の月におけるは
この表現・形式・命題を含めて、これまでに作られ、またこれから作ら
れるはずの、——括弧をもろともにあわせいれて——、可能なかぎり
の表現・形式・命題
の
におけるがごとし

なんと興味深い指だろう
　吸わせておくれよ
興味深い指なものですか
　そんなもの持っていってよ

陳述は的外れ
指はもの言わず

訳者あとがき

マルティン・ブーバーは「人間の間柄の諸要素」（みすず書房刊、ブーバー著作集第二巻、佐藤吉昭、佐藤令子両氏訳『対話的原理Ⅱ』所収）において、このように述べています。

「……集団的要素が〔……〕支配しているところでは、人間は彼を孤独、生存の不安、喪失感から解放する集団性によって支えられているのを感じるのである。そして現代人にとって本質的なこの集団性の機能の中では、人間の間柄、すなわち人格と人格との間の生は、ますます集団的なものに押されて後退していくように思われる。」

今日のいわゆる管理社会にあっては、ブーバーが早い時期に指摘したこの傾向は、ますます強まってきています。もっとも、この社会の強制は、古い型の支配権力による強制のようにあからさまではありません。それだけに、その圧迫から生ずる歪みも、かならずしも明瞭に露呈するとは限りません。しかし、たとえばテレビ・ドラマを例にあげると、ある種の番組に《はぐれ牙》とか《はみだし刑事》とかが登場して、集団の組織性に抵抗しながら単独者として自己を主張する姿を見ることができます。これらのドラマのなかには、いわゆる《抜け忍》となることで、それまでの《影》の世界にいたときよりさらに危険な状況に身をさらしながら、あえて「おれはだれだ」という問いを追求しつづける男などが登場します。同一性がこのような仕方で問われる時代だということは、今日の社会がブーバーのいう《人格的相互関係》の存立を困難にさせているからに違いありません。

　さて、ブーバーはこう語っています。――「人間は孤立しているのではなく、ある人と他の人との間の完全な関係の中に人間学的に実存しているのである。まずこの相互作用があって初めて、人類を十分に把握することが可能となる。それに加えて〔……〕人間の間柄の存立のためには、人格的存在から人格的存在への関係に仮象が危険な具合に入り込まないことが要請される。さらにまた〔……〕各人が他者をその人格的存在において考え、また現前化することが必要である。相手の誰もが、自分を他者に強《し》いようと望まないことが、ただちに人間の間柄の第三の基本的前提となるのである。」（前掲論文）

　ところで、R・D・レインとA・エスターソンとの共著になる『狂気と家族』に並べられている、いわゆる精神分裂病の女性患者十一人の家族についての研究報告を読んで痛感させられるのは、この十一の家族ではブーバーがここにあげた三つの基本的前提がことごとく破られている、ということです。たとえば、第一の前提を取り上げてみますと、ブーバーは人格相互関係に《仮象》が《危険な具合に入り込まない》ようにと切に勧告しているのに、病者が育った家庭においてはこの《仮象》の介在が目立ちます。その事実が、レインのいう《結ぼれ》の形成の重大な原因のひとつとなっているのです。

訳者がこの「あとがき」にブーバーを援用したのは、レイン自身がブーバーの哲学に多くのものを負っているのを知ったからです。『自己と他者』には、ブーバーの図式が下敷《したじき》に用いられてさえいます。また、レイン著『家族の政治学』所収の「家族と社会的諸文脈とについての研究」も、ブーバーの考え方を念頭に置いて読むとわかりよいのではないかという気がします。レインはいま言及した論文のなかで、「ひとりの人《パースン》は、ある意味では、一組の関係であり、そして諸関係の——また、諸関係への——諸関係である」と書いています。彼はそのうえで、家族関係の構成を図式化しているのです。たしかに、それは複雑きわまる構成です。しかし、もしブーバーの挙げた三つの基本的前提が尊重されさえしたら、そこには複雑さはあっても混乱や紛糾はなかったことでしょう。じっさいには、ブーバーの言うようにはいかず、こうした混乱や紛糾は避けがたいのではないでしょうか。そして、その結果として《結ぼれ》が生ずるわけです。

《結ぼれ》が病者を生むとは限りますまいが、病者が育った環境にかならず《結ぼれ》がみいだされるのは、先にあげた『狂気と家族』の読者のよく知るところです。おそらく、これらの病者は、テレビ・ドラマのなかの《はぐれ牙》や《はみだし刑事》と同様に、制度――彼（彼女）らにおいては家族制度――の圧制に堪《た》えられずに、そこから脱《ぬ》けだそうとしたのです。ただ、彼（彼女）らはテレビ・ドラマの作中人物のように強くありませんでした。そして、集団からはぐれてその支えを失った単独者に押しかぶさる、ブーバーのいう《孤独、生存の不安、喪失感》が、彼女らを非現実の世界へ押し流してしまったのです。そう思うと、この人たちの経験は現代に生きる者のだれにとっても無縁ではありません。むしろ、レインが『経験の政治学』で述べているとおり、病者による内面世界の経験は、高山・大洋・密林・秘境などの地理学的な探検者の冒険に劣らぬ意味を有するものなのです。

それにしても、不幸な病者を生みだす《結ぼれ》は、なければないに越したことはありません。《結ぼれ》を生ぜしめないためには、哲人ブーバーの教えを尊重することが基本的に必要です。ただ、彼の原則の実践はあまりに困難なのです。そこで、まず《結ぼれ》の諸相を知る必要がありましょう。レインのこの本は、その意味でまことに独創的な労作です。

レインはこの本の「序」のなかで《〈なまの〉データ》に言及しています。そのデータとしては、まず『狂気と家族』を挙げねばなりません。また、彼のいわゆる《模様》の解読には、『ひき裂かれた自己』をはじめとする彼のいくつもの著作が参考になります。訳者自身、この本を訳しながら、彼のほかの本の叙述を連想したばあいが少なからずあります。正直に申しあげると、訳していても五里霧中、ついに最後まで意味のとれなかった箇所もあります。七十四ページ—七十九ページに見られる楽譜めいた《抽象的な論理計算》にいたっては、訳者のように抽象的思考力の欠如した人間がよく理解するところではありません。英文テキストを併載しましたので、読者各位に正確な解読をおまかせします。

英語と日本語との性質の違いはどうにもならないものです。ストック社刊のフランス語訳を参照して、二、三の点でその解釈に従いましたが、大筋においては、英語とフランス語とは似すぎていて、あまり邦訳のための参考にはなりませんでした。原文の抽象模様を損なってまで、わかりよいように間接話法を直接話法で訳しかえたところがほうぼうにあります。また、原文の両義性を有する表現を簡潔に訳しきれなくて、七十一ページのばあいのように原文の一行を解説的に二行に訳したところもあります。この箇所をはじめ若干のページで、図式の面白さを直接に知っていただくために、原書の図版を複写してお目にかけることにしました。

末尾の数ページには、レインの東洋思想への関心のうかがえる作品が並んでいます。「門を通り抜けないうちは」というのは、無門和尚《むもんおしょう》の提唱を下敷にしたものでしょう。安谷白雲《やすたにはくうん》師の『禅の心髄　無門関』（春秋社刊）を参考にして得るところがありました。

この本につぎの偈《げ》が引用されています。

　大道無門、千差路《みち》有り。
　此《こ》の関を透得せば、乾坤《けんこん》独歩ならん。

「一本の指が月をさし示す」というくだりについては、白雲師のつぎの解説の語るとおりです。——「言葉というものは、あたかも月をさす指のようなもので、指の示す方向において、みずから月を見出さなくてはならないと同じく、言葉そのものは、真の事実ではない。ただその言葉によって真の事実を悟ることが肝要である。」

みずから見いだすといえば、レインも同じようなことを言っています。『家族の政治学』の末尾にこうあるのです。——「しかし、私がそう言ったからといって、私の言うことを信じてはいけません。鏡のなかをごらんになって、ご自分で見てください。」

＊

この本は詩集の体裁をとっていますので、編集部の方の割り付け、印刷所の方の組み版は、ともにたいへん苦労を要するものでした。関係のみなさまに心からご苦労をねぎらいたいと存じます。

この翻訳は、みすず書房編集部の吉田欣子さんのお勧めによっていたしました。機会をお与えいただいたことにお礼を申しあげます。

一九七三年十月

村上光彦

解説

上條 翔

真っ黒な、みすず書房版の『結ぼれ』の表紙を見つめる。薄曇りの鏡のように、そこには自分の顔がぼんやり反射している。この顔は本当にぼくの顔なのか。本当にあなたは、ぼくが見ているこの顔をぼくと同じように見ているのか。ぼくの苦しみの反映したこの顔を、あなたは同じように苦しんでいるぼくの顔であるとみなしてくれているのか。このようにぼくが考えるとき、ぼくは、あるいはあなたはすでに結ぼれはじめている。

精神科医であるR・D・レインの生涯は1927年スコットランド南西部、グラスゴーにはじまる。グラスゴー大学卒業後、陸軍や精神科病院での勤務を経て、ロンドンに「キングスレイ・ホール」という実験的な施設を作り上げる。

このキングスレイ・ホールはレインの「反精神医学」の実践であり、象徴でもあるようなコミュニティーだった。

たとえばレイン自身の手による「メタノイア――キングスレイ・ホール（ロンドン）でのいくつかの経験」には、このホールで具体的に何が起きていたのかが綴《つづ》られている。自分の身体を糞便で覆ったり、男根に向けて銃が（もちろん空砲だけれど）発射されたり、一般的には即入院が必要であろう事象をレインは「治療」しようとはしない。反精神医学とは、精神医学の権威性への異議申し立てである。精神科医の電気ショックや投薬による「治療」は統合失調症の再統合への旅を阻害してすらいる、というのがレインの立場だ。「統合失調症」はラベルにすぎない。レインは精神科病院を「外の世界の人たちが我慢できぬと感じて犯罪以外の不愉快な行為ゆえに隔離してほしいと思う人たちの刑務所」（『レイン　わが半生』）ととらえる。キングスレイ・ホールはそうした「患者」たちを彼なりのやり方で前進させるための共同体だった。

キングスレイ・ホールの賃貸契約の更新が叶わず閉鎖に至った翌年、1971年からレインは東洋への旅へ赴《おもむ》く。セイロンやインド、それから日本を巡るこの旅行の後、数冊の本を上梓したレインは1989年、フランスのサン＝トロペ、風光明媚《ふうこうめいび》なコート・ダジュールで、テニスの試合中に倒れる。心臓発作であった。

東洋への旅行を境界としてレインの仕事を暴力的に前期・後期と分けた場合、『好き？　好き？　大好き？』は後期を代表する詩集であり、この『結ぼれ』は前期の集大成的な詩集である、といえる。

果たしてこの奇妙で、複雑で、読むものを不安で身動きのとれない霧の森へ誘《いざな》う本を詩集と呼ぶべきなのか、という問題はひとまず置いておこう。

それにしても、「結ぼれ」とはあまり耳馴染みのない言葉だ。「結ぼれる」という動詞の連用形が名詞となった形だけど、これは「怒られ」「匂わせ」「狂わせ」のような新語にもどこか似ている。「怒られる」という受動態を「怒られ」と名詞化し、「怒られが発生した」と、あたかもその状態が自然に発生したように認識を変えることは、ひょっとしたら傷つきやすい心を守るための処世術かもしれない。自身の失策によって他者から怒られ、その最中にあるということをまるで他人事であるかのように対象化するための用法である、とひとまずはいえそうだ。

「結ぼれる」という言葉を辞書で引くと、次のような意味を持っていることがわかる。

むすぼ・れる（自下一）
①むすばれて解けにくくなる。
②露などがおく。凝る。かたまる。
③気がふさいで晴ればれしない。ふさぐ。

④関係がある。縁つづきである。

「結ぼれる」という動詞には、単に能動とも受動とも決定しがたいニュアンスが含まれている。そういう意味ではたとえば「光る」が「光り」となるような変化であるというよりも、やはり「怒られ」風の用法なのではないか、という気がしてくる。この詩集の原題は「Knots」だ。「Gordian Knot」が「ゴルディアスの結び目」と翻訳されるように、この詩集も「結ぼれ」でなく「結び目」であってもよかったはずだ。なのに、村上光彦は「結ぼれ」と翻訳した。それはおそらく「Do You Love Me?」を「好き? 好き? 大好き?」と訳したのと同じくらい偉大なことだった。レインの目的のひとつは自らを含む多くの人間がその最中にあるところの「結ぼれ状態」の形式を抽出して記述することにあったのではないか。

レインは先ほど言及した自伝で、自らの関心が「人間の内部で起こっていることと人間同士の間とで起こっていることとの間で起きている相互作用の領域」にあると書いた。あらゆる人間関係は他者による自己の、自己による他者の定義づけを含む。レインはそうした自己と他者の関係を「補完性」という言葉で表現する。わたしはただひとりで生きていることができない。わたしはあなたとどうしようもなく関係され、あなたはどうしようもなくわたしと関係される。この補完性によって、わたしはいつでも「結ぼれ」

の危機に直面している。「結ぼれ」とは狂気の生成する条件のようなもので、レインはしばしばその舞台として「家族」という共同体に言及している。

レインはこの複雑な人間関係をたびたび図や記号に改めようと試みてきた。たとえば『自己と他者』には付録として次のような記号法が提唱されている。

自分Pが自分自身を見る仕方　P→P

他者OがPを見る仕方　O→P

OがPを見ているとPが見る仕方　P→（O→P）

試しにこんな例を考えてみよう。

ぼくは本当はぼくのことが好きだ。だけど、Twitter のフォロワーは、自分自身が嫌いだ、と振舞ってほしいと思っているとぼくは思っているので、自分が嫌いに見えるように振舞っているけれど、それをフォロワーは見抜いていると、ぼくは思い込んでいる。

この文章のぼくをP、フォロワーをOとすると、次のように記述することができる。

P→（O→（P→（O→（P→P））））

『結ぼれ』とはこのように記号化されうる、人間の解釈に次ぐ解釈の絡まった関係に半透明な肉体を与えた標本図鑑であり、どうにもならないぼくたちの抱える矛盾の結晶体なのだ。

彼女はふたりともしあわせになりたい
彼は彼女にしあわせになってもらいたい
そんなわけで彼らはふたりともふしあわせだ

こうしたシークエンスを目の前にして、つまずき立ち止まる。じゃあどうすればいいんだ。この二人の不可能性はどのようにして解消されるんだ。日常生活でも、ひとつひとつ言語化しないだけでこのような状況は無数に発生している。あなたとわたしは決してひとつになれず、ひとりとひとりの別の存在でしかない。この絶望と雁字《がんじ》搦《がら》めの矛盾にとらわれたとき、わたしたちは病《やま》いはじめる。純粋で「本物」の愛や幸福は無限の螺《ら》旋《せん》の果てに後退していく。まさに「始めから果てしなく《ダ・カポ・シネ・フィネ》」遠い場所へ。

R・D・レインは果たして古びてしまったのか。サイケでサブカルチャーでビートニクで妖《あや》しげな光を放つレインという半身の像だけしか、この世界には残されていないの

に、レインの考証はもはや精神病理や家族研究に留まることなく、社会についての、あ

在、家族というこの小さなコミュニティーの抱える問題は複雑化していく一方だ。さら

タ」として観察し、研究してきた。「親ガチャ」なる言葉が流行語のように語られる現

　レインは精神疾患と「家族」との関係を様々な著作の中で、いわば「《なまの》デー

ぼくたちに深く爪痕を残すのだ。

それを追い求めていたようにも見える。だからレインはどこまでも本物で、その著作は

実』を著したことからもうかがい知れるように、純粋で「本物」の人間関係を想定し、

で「本当」の自己と「偽物」の自己を区別したこと、あるいは東洋旅行を経て『生の事

ただろうし、実際そう考える方が自然だろう。けれど、レインは『引き裂かれた自己』

の前提なのではないか。レインに影響を与えたベイトソンやサリヴァンはそう考えてい

ている、と先ほど書いた。つまり、この結ぼれは、本当はあらゆるコミュニケーション

　そして、レインはこの結ぼれは解けると思っている。このような状況は無数に発生し

んがらがりながら生きる人間の生々しさがここにはある。

がら、その距離感に迷いながら、ときには距離を間違えてしまい、傷だらけになってこ

時代を越えていく、真実らしさが結実しているように思える。他者という存在に怯《おび》えな

おいてどれほど有益と考えられているのかはわからない。けれど、この『結ぼれ』には

だろうか。ぼくは医者でも病理学者でもないから、彼の理論が現在、医学という範疇《はんちゅう》に

るいはこの社会の中でどのように我々は生きるべきなのか、という考察にまで広がっていく。『家族の政治学』で示唆されるのは、第二次世界大戦における人々の死は「結ぼれ」という「見なし」によって構成された「われわれ」、いわば大きな「家族」と「彼ら」の対立が、我々自身の首を絞めた結果である、ということだった。

ぼくとあなたは確かにひとつにはなれない。絶望的なまでにわかり合えない。しかし、ぼくとあなたを不可能にしている構造に目を向けることで、ぼくとあなたはもう少しだけ正しく寄り添えるかもしれない。これはある種のネガティブ・ケイパビリティだとも言えるのではないだろうか。

そしてレインはぎらぎら輝く原色のネオン、その螺旋の果てから再び顔をのぞかせる。

（かみしの・かける／歌人）

本書は、一九七三年一一月（新装版は一九九七年一〇月）にみすず書房より刊行された同名の単行本を文庫化したものです。本文中、今日の観点からは差別的または不適切な表現も含まれますが、作品の内容や成立背景、執筆・翻訳時期および著者・訳者が故人であることに鑑み、そのままとしました。

Ronald David LAING :
KNOTS
First published by Tavistock Publications Ltd in 1970.

Published 2005 by Routledge, an imprint of the Taylor & Francis Group.

Authorised translation from the English language edition published by Routledge, a member of the Taylor & Francis Group, London through Tuttle-Mori Agency, Inc., Tokyo.

結《むす》ぼれ

二〇二四年 三 月一〇日 初版印刷
二〇二四年 三 月二〇日 初版発行

著 者 R・D・レイン
訳 者 村上光彦《むらかみみつひこ》
発行者 小野寺優
発行所 株式会社河出書房新社
〒一五一－〇〇五一
東京都渋谷区千駄ヶ谷二－三二－二
電話〇三－三四〇四－八六一一（編集）
〇三－三四〇四－一二〇一（営業）
https://www.kawade.co.jp/

ロゴ・表紙デザイン 粟津潔
本文フォーマット 佐々木暁
本文組版 株式会社創都
印刷・製本 中央精版印刷株式会社

Printed in Japan ISBN978-4-309-46797-9

好き？　好き？　大好き？

R·D·レイン　村上光彦〔訳〕　46790-0

恋人、家族、友人、敵……人間関係の内奥にひそむ感情の本質を、異端の精神科医が詩のことばへと昇華する。数多のサブカルチャーに霊感を与えつづける伝説の書、復刊。

八本脚の蝶

二階堂奥歯　41733-2

25歳、自らの意志でこの世を去った女性編集者による約２年間の日記。誰よりも本を物語を言葉を愛した彼女の目に映る世界とは。16年の本屋大賞「超発掘本」に選ばれた無二の一冊を文庫化。

求愛瞳孔反射

穂村弘　40843-9

獣もヒトも求愛するときの瞳は、特別な光を放つ。見えますか、僕の瞳。ふたりで海に行っても、もんじゃ焼きを食べても、深く共鳴できる僕たち。歌人でエッセイの名手が贈る、甘美で危険な純愛詩集。

ツイッター哲学

千葉雅也　41778-3

ニーチェの言葉か、漫画のコマか？　日々の気づきからセクシュアリティ、社会問題までを捉えた、たった140字の「有限性の哲学」。新たなツイートを加え、著者自ら再編集した決定版。松岡正剛氏絶賛！

シモーヌ・ヴェイユ　アンソロジー

シモーヌ·ヴェイユ　今村純子〔編訳〕　46474-9

最重要テクストを精選、鏤骨の新訳。その核心と全貌を凝縮した究極のアンソロジー。善と美、力、労働、神、不幸、非人格的なものをめぐる極限的にして苛烈な問いが生み出す美しくきびしい生と思考の結晶。

アンチ・オイディプス　上・下　資本主義と分裂症

G·ドゥルーズ／F·ガタリ　宇野邦一〔訳〕　46280-6　46281-3

最初の訳から二十年目にして“新訳”で贈るドゥルーズ＝ガタリの歴史的名著。「器官なき身体」から、国家と資本主義をラディカルに批判しつつ、分裂分析へ向かう本書は、いまこそ読みなおされなければならない。

屋根裏に誰かいるんですよ。

春日武彦　41926-8

孤独な一人暮らしを続けている老人などに、自分の部屋に誰かが住んでいるかの妄想にとらわれる「幻の同居人」妄想という症状が現れることがある。屋内の闇に秘められた心の闇をあぶりだす、名著の文庫化。

鬱屈精神科医、占いにすがる

春日武彦　41913-8

不安感と不全感と迷いとに苛まれ、心の底から笑ったことなんて一度もない。この辛さは自業自得なのか……精神の危機に陥った精神科医は、占い師のもとを訪れる——。救いはもたらされるか？

奇想版　精神医学事典

春日武彦　41834-6

五十音順でもなければアルファベット順でもなく、筆者の「連想」の流れに乗って見出し語を紡いでゆく、前代未聞の精神医学事典。ただし、実用性には乏しい。博覧強記の精神科医による世紀の奇書。

動きすぎてはいけない

千葉雅也　41562-8

全生活をインターネットが覆い、我々は窒息しかけている——接続過剰の世界に風穴を開ける「切断の哲学」。異例の哲学書ベストセラーを文庫化！　併録＊千葉＝ドゥルーズ思想読解の手引き

記号と事件　1972−1990年の対話

ジル・ドゥルーズ　宮林寛〔訳〕　46288-2

『アンチ・オイディプス』『千のプラトー』『シネマ』などにふれつつ、哲学の核心、政治などについて自在に語ったドゥルーズの生涯唯一のインタヴュー集成。ドゥルーズ自身によるドゥルーズ入門。

フーコー

ジル・ドゥルーズ　宇野邦一〔訳〕　46294-3

ドゥルーズが盟友への敬愛をこめてまとめたフーコー論の決定版。「知」「権力」「主体化」を指標にフーコーの核心を読みときながら「外」「襞」などドゥルーズ自身の哲学のエッセンスを凝縮させた比類なき名著。

差異と反復　上・下

ジル・ドゥルーズ　財津理〔訳〕　46296-7 46297-4

自ら「はじめて哲学することを試みた」著と語るドゥルーズの最も重要な主著、全人文書ファン待望の文庫化。一義性の哲学によってプラトン以来の哲学を根底から覆し、永遠回帰へと開かれた不滅の名著。

千のプラトー　上・中・下　資本主義と分裂症

G・ドゥルーズ／F・ガタリ　宇野邦一／小沢秋広／田中敏彦／豊崎光一／宮林寛／守中高明〔訳〕　46342-1 46343-8 46345-2

ドゥルーズ／ガタリの最大の挑戦にして、いまだ読み解かれることのない二十世紀最大の思想書、ついに文庫化。リゾーム、抽象機械、アレンジメントなど新たな概念によって宇宙と大地をつらぬきつつ生を解き放つ。

意味の論理学　上・下

ジル・ドゥルーズ　小泉義之〔訳〕　46285-1 46286-8

『差異と反復』から『アンチ・オイディプス』への飛躍を画する哲学者ドゥルーズの主著、渇望の新訳。アリスとアルトーを伴う驚くべき思考の冒険とともにドゥルーズの核心的主題があかされる。

ニーチェと哲学

ジル・ドゥルーズ　江川隆男〔訳〕　46310-0

ニーチェ再評価の烽火となったドゥルーズ初期の代表作、画期的な新訳。ニーチェ哲学を体系的に再構築しつつ、「永遠回帰」を論じ、生成の「肯定の肯定」としてのニーチェ／ドゥルーズの核心をあきらかにする著。

批評と臨床

ジル・ドゥルーズ　守中高明／谷昌親〔訳〕　46333-9

文学とは錯乱／健康の企てであり、その役割は来たるべき民衆＝人民を創造することなのだ。「神の裁き」から生を解き放つため極限の思考。ドゥルーズの思考の到達点を示す生前最後の著書にして不滅の名著。

ディアローグ　ドゥルーズの思想

G・ドゥルーズ／C・パルネ　江川隆男／増田靖彦〔訳〕　46366-7

『アンチ・オイディプス』『千のプラトー』の間に盟友パルネとともに書かれた七十年代ドゥルーズの思想を凝縮した名著。『千のプラトー』のエッセンスとともにリゾームなどの重要な概念をあきらかにする。

哲学とは何か

G・ドゥルーズ／F・ガタリ　財津理〔訳〕　46375-9

ドゥルーズ＝ガタリ最後の共著。内在平面—概念的人物—哲学地理によって哲学を総括し、哲学—科学—芸術の連関を明らかにする。限りなき生成／創造へと思考を開く絶後の名著。

ドゥルーズ・コレクション I　哲学

ジル・ドゥルーズ　宇野邦一〔監修〕　46409-1

ドゥルーズ没後20年を期してその思考集成『無人島』『狂人の二つの体制』から重要テクストをテーマ別に編んだアンソロジー刊行開始。1には思考の軌跡と哲学をめぐる論考・エッセイを収録。

ドゥルーズ・コレクション II　権力／芸術

ジル・ドゥルーズ　宇野邦一〔監修〕　46410-7

『無人島』『狂人の二つの体制』からのテーマ別オリジナル・アンソロジー。フーコー、シャトレ論、政治的テクスト、芸術論などを集成。ドゥルーズを読み直すための一冊。

ザッヘル＝マゾッホ紹介

ジル・ドゥルーズ　堀千晶〔訳〕　46461-9

サドに隠れていたマゾッホを全く新たな視点で甦らせながら、マゾッホとサドの現代性をあきらかにしつつ「死の本能」を核心とするドゥルーズ前期哲学の骨格をつたえる重要な名著。気鋭が四十五年目に新訳。

言説の領界

ミシェル・フーコー　慎改康之〔訳〕　46404-6

フーコーが一九七〇年におこなった講義録。『言語表現の秩序』を没後三十年を期して四十年ぶりに新訳。言説分析から権力分析への転換をつげてフーコーのみならず現代思想の歴史を変えた重要な書。

ピエール・リヴィエール　殺人・狂気・エクリチュール

M・フーコー編著　慎改康之／柵瀬宏平／千條真知子／八幡恵一〔訳〕　46339-1

十九世紀フランスの小さな農村で一人の青年が母、妹、弟を殺害した。青年の手記と事件の考察からなる、フーコー権力論の記念碑的労作であると同時に希有の美しさにみちた名著の新訳。

知の考古学

ミシェル・フーコー　慎改康之〔訳〕　46377-3

あらゆる領域に巨大な影響を与えたフーコーの最も重要な著作を気鋭が42年ぶりに新訳。伝統的な「思想史」と訣別し、歴史の連続性と人間学的思考から解き放たれた「考古学」を開示した記念碑的名著。

ベンヤミン・アンソロジー

ヴァルター・ベンヤミン　山口裕之〔編訳〕　46348-3

危機の時代にこそ読まれるべき思想家ベンヤミンの精髄を最新の研究をふまえて気鋭が全面的に新訳。重要なテクストを一冊に凝縮、その繊細にしてアクチュアルな思考の核心にせまる。

ベンヤミン　メディア・芸術論集

ヴァルター・ベンヤミン　山口裕之〔訳〕　46747-4

いまなお新しい思想家の芸術・メディア論の重要テクストを第一人者が新訳。映画論、写真論、シュルレアリスム論等を網羅。すべての批評の始まりはここにある。「ベンヤミン・アンソロジー」に続く決定版。

ツァラトゥストラかく語りき

フリードリヒ・ニーチェ　佐々木中〔訳〕　46412-1

あかるく澄み切った日本語による正確無比な翻訳で、いま、ツァラトゥストラが蘇る。もっとも信頼に足る原典からの文庫完全新訳。読みやすく、しかもこれ以上なく哲学的に厳密な、ニーチェ。

偶像の黄昏

F・ニーチェ　村井則夫〔訳〕　46494-7

ニーチェの最後の著作が流麗で明晰な新訳でよみがえる。近代の偶像を破壊しながら、その思考を決算したニーチェ哲学の究極的な到達であると同時に自身によるニーチェ入門でもある名著。

喜ばしき知恵

フリードリヒ・ニーチェ　村井則夫〔訳〕　46379-7

ニーチェの最も美しく、最も重要な著書が冷徹にして流麗な日本語によってよみがえる。「神は死んだ」と宣言しつつ永遠回帰の思想をはじめてあきらかにしたニーチェ哲学の中核をなす大いなる肯定の書。

内的体験

ジョルジュ・バタイユ　江澤健一郎〔訳〕　46762-7

恐るべき思想家バタイユが全ての思想を転覆させて思考の極限に挑んだ20世紀最大の問題作を50年ぶりに新訳。第一人者による鋭利な訳文と150頁の注によって絶後の名著が暗黒の21世紀に降臨する。

有罪者

ジョルジュ・バタイユ　江澤健一郎〔訳〕　46457-2

夜の思想家バタイユの代表作である破格の書物が五〇年目に新訳で復活。鋭利な文体と最新研究をふまえた膨大な訳注でよみがえるおそるべき断章群が神なき神秘を到来させる。

ドキュマン

ジョルジュ・バタイユ　江澤健一郎〔訳〕　46403-9

バタイユが主宰した異様な雑誌「ドキュマン」掲載のテクストを集成、バタイユの可能性を凝縮した書『ドキュマン』を気鋭が四十年ぶりに新訳。差異と分裂、不定形の思想家としての新たなバタイユが蘇る。

イデオロギーの崇高な対象

スラヴォイ・ジジェク　鈴木晶〔訳〕　46413-8

現代思想界の奇才が英語で書いた最初の書物にして主著、待望の文庫化。難解で知られるラカン理論の可能性を根源から押し広げてみせ、全世界に衝撃を与えた。

人間の測りまちがい　上・下　差別の科学史

S・J・グールド　鈴木善次／森脇靖子〔訳〕　46305-6 46306-3

人種、階級、性別などによる社会的差別を自然の反映とみなす「生物学的決定論」の論拠を、歴史的展望をふまえつつ全面的に批判したグールド渾身の力作。

決定版　第二の性　I　事実と神話

シモーヌ・ド・ボーヴォワール　『第二の性』を原文で読み直す会〔訳〕　46779-5

「人は女に生まれるのではない、女になるのだ」。神話、文学、生理学、精神分析など、男に支配されてきた女の歴史を紐解きながら、女たちの自由な可能性を提示する20世紀の画期的名著。

決定版　第二の性　Ⅱ　体験（上）

シモーヌ・ド・ボーヴォワール　『第二の性』を原文で読み直す会〔訳〕　46780-1

Ⅰ巻の「事実と神話」をもとに、現代の女たちの生を、さまざまな文学作品や神話、精神分析を渉猟しつつ分析する。子ども時代、娘時代から、性の入門、同性愛の女、結婚した女まで。

決定版　第二の性　Ⅱ　体験（下）

シモーヌ・ド・ボーヴォワール　『第二の性』を原文で読み直す会〔訳〕　46781-8

上巻に続き、現代の女たちの生を分析する。母親、社交生活、売春婦と高級娼婦、熟年期から老年期へ、ナルシシストの女、恋する女、神秘的信仰に生きる女から、自立した女、そして解放まで。

哲学史講義　Ⅰ

G・W・F・ヘーゲル　長谷川宏〔訳〕　46601-9

最大の哲学者、ヘーゲルによる哲学史の決定的名著がついに文庫化。大河のように律動、変遷する哲学のドラマ、全四巻改訳決定版。『Ⅰ』では哲学史、東洋、古代ギリシアの哲学を収録。

哲学史講義　Ⅱ

G・W・F・ヘーゲル　長谷川宏〔訳〕　46602-6

自然とはなにか、人間とはなにか、いかに生きるべきか——二千数百年におよぶ西洋哲学を一望する不朽の名著、名訳決定版第二巻。ソフィスト、ソクラテス、プラトン、アリストテレスらを収録。

哲学史講義　Ⅲ

G・W・F・ヘーゲル　長谷川宏〔訳〕　46603-3

揺籠期を過ぎた西洋哲学は、ストア派、新プラトン派を経て中世へと進む。エピクロス、フィロン、トマス・アクィナス……。哲学者たちの苦闘の軌跡をたどる感動的名著・名訳の第三巻。

哲学史講義　Ⅳ

G・W・F・ヘーゲル　長谷川宏〔訳〕　46604-0

デカルト、スピノザ、ライプニッツ、そしてカント……など。近代の哲学者たちはいかに世界と格闘したのか。批判やユーモアとともに哲学のドラマをダイナミックに描き出すヘーゲル版哲学史、ついに完結。